로크미디어가
유혹하는
재미있는 세상

아이템
매니아

아이템 매니아 8

2018년 1월 5일 초판 1쇄 인쇄
2018년 1월 10일 초판 1쇄 발행

지은이 오메가쓰리
발행인 이종주

기획 팀 이기헌 왕소현 박경무 이승제
책임 편집 최이슬

발행처 (주)로크미디어
출판등록 2003년 3월 24일
주소 서울시 마포구 성암로 330 DMC 첨단산업센터 3층 314호
Tel (02)3273-5135 Fax (02)3273-5134
홈페이지 rokmedia.com E-mail rokmedia@empas.com

© 오메가쓰리, 2017

값 8,000원

ISBN 979-11-294-2938-4 (8권)
ISBN 979-11-294-0457-2 04810 (세트)

아이템 매니아

8

오메가쓰리 퓨전 판타지 장편소설

ROK
MEDIA

로크미디어

contents

Chapter 1

"지금껏 보지 못했던 강적이에요. 조심하세요, 랜슬롯."

"걱정 마오, 내 사랑. 아무리 강력한 적이 앞을 막고 있다 한들 우리 사랑을 방해할 순 없소."

눈길이 뜨겁다.

만약 정훈이라는 훼방꾼이 없었다면 당장에 끌어안고 키스라도 퍼부을 기세였다.

"이것들이!"

꼴 뵈기 싫은 행각에 정훈이 몸을 튕겼다.

매서운 속도로 쇄도한 곳은 랜슬롯이 아닌 순백의 드레스를 입은 귀네비어였다.

비교적 물리 공격에 취약한 마법 권능을 지닌 이를 먼저 공격하는 건 상식 중에 상식이다.

"비겁한! 레이디를 공격하다니!"

하지만 기사인 랜슬롯에겐 상식을 벗어나는 행위였다.

기사의 명예를 들먹이며 비난했지만, 정훈의 공격을 허공을 가를 뿐이었다.

공간을 이동한 신형이 랜슬롯의 뒤로 이동했다.

그 짧은 공간을 바꾸는 주술을 이용해 몸을 피한 것이다.

쐐액.

하지만 정훈이 노린 건 애초에 귀네비어가 아니었다.

검의 궤적이 바뀌어 랜슬롯의 목을 향해 날아갔다.

"흡!"

예상치 못한 공격에 당황한 듯 헛바람을 삼킨 랜슬롯이 검을 들었으나 이미 늦었다.

터엉!

살과 뼈를 가르는 소리가 아니다.

맑은 금속성에 정훈이 눈살을 찌푸렸다. 푸른색 기로 뭉쳐진 방패가 경로를 가로막고 있었다.

"고맙소."

"내 사랑, 절대 당신의 죽음을 묵과하지 않을 거예요."

귀네비어가 생성한 방어의 주술.

하지만 공격이 막혔다는 실망감이나 손아귀에 느껴지는 충격보다 더 견디기 힘든 게 있었다.

"그만해, 이 연놈들아!"

이 위급한 상황 속에서도 사랑 놀음이라니.

적당히 손에 여유를 두며 설득하겠다는 생각을 버렸다.

이 짜증나는 광경을 더 지켜보고 있다간 살수를 써 일을 그르칠 수 있다고 판단했기 때문이다.

기존 육신의 힘만을 사용하던 것을 벗어나 의지를 담았다.

그 의지는 눈앞의 적을 베는 것.

절대의 영역에 닿은 의지와 육신이 하나가 된 순간 섬광이 번뜩였다.

파캉!

귀네비어가 펼친 방패가 종잇장처럼 부서졌다.

"으아압!"

절대 부서지지 않는 검 아론다이트는 멀쩡했다.

하지만 전력을 다한 랜슬롯의 검격이 무산되었다.

뿐만이 아니다.

그 충격을 제대로 흘리지 못한 그가 빠르게 튕겨 나갔다.

쾅!

동굴 벽과 충돌한 랜슬롯의 육신은 화석처럼 박혀 버렸다.

"랜슬롯!"

놀란 귀네비어가 회복의 술법을 외우려 했으나…….

"그만!"

어느새 접근한 정훈이 용광검을 내리그었다.

쾌속하게 들어오는 검을 본 그녀는 술법을 틀어 공간이동의 술을 발현했다.

팟!

그 자리에서 꺼진 그녀의 육신은 벽에 박힌 랜슬롯의 곁에 당도해 있었다.

"한 번 이상은 안 통해."

정훈의 예리한 기감은 이미 상대의 예상 경로를 예측한 뒤였다.

귀네비어의 바로 옆에 선 그가 손을 뻗어 귀네비어의 오색 수정 지팡이를 빼냈다.

"악!"

주술을 외울 틈은 없었다.

저항할 수 없는 완력에 지팡일 빼앗긴 귀네비어가 가련한 여주인공을 연상시키듯 허물어졌다.

"으으."

동굴 벽에 처박힌 랜슬롯은 고통에 신음하고……

"흐흑."

비련의 여주인공이 된 귀네비어는 이미 저항할 의지를 잃어 버렸다.

오색 보석의 지팡이를 들고도 감당할 수 없는 적이다.

맨손으로는 승산이 없음은 당연한 일이다.

"당신이 명예를 아는 기사라면 부디 자비로운 죽음을 내려

주길."

　변명의 여지가 없는 패배에 고통 없는 죽음을 갈구한다.

　물론 그건 승자의 영역. 정훈은 그들에게 고통 없는 죽음을 내릴 생각이 없었다.

　"누가 죽인대?"

　영문 모를 그 말에 귀네비어가 눈을 동그랗게 떴다.

　"서, 설마, 날 욕보일 셈이냐!"

　자신의 몸을 가리며 경멸하는 눈으로 응시한다.

　"으으. 아, 안 돼. 그녀를 욕보이지 마라. 오, 신이여, 아니 악마라도 좋다. 부디 내게 저 간악한 악도를 처치할 수 있는 힘을 빌려다오."

　정신을 차린 랜슬롯이 땅바닥을 기며 꼴값을 떨었다.

　정훈으로선 그 행태가 어처구니가 없을 뿐이었다.

　"한 번만 더 주둥일 털면 사지를 다 뽑아버릴 테니까 조용히 해라."

　"……."

　장내를 장악하는 살벌한 기세에 두 사람이 입을 다물었다.

　"좋아. 이제야 대화하기가 편해졌군. 두 번 말하지 않을 테니까 똑똑히 새겨들어."

　잠시 말을 끊은 정훈이 둘의 상태를 살폈다.

　살며시 고개를 끄덕이고 있는 게 경청할 자세가 제대로 되어 있었다.

"너희를 죽일 생각은 없어. 오히려 좋은 기회를 주고자 하는 거지. 자, 선택의 기회를 주마. 여기서 그냥 죽을래, 아니면 카멜롯의 왕과 왕비가 되어 부귀영화를 누릴래?"

"뭐, 뭣!"

그것은 죽음을 목격한 것보다 더욱 충격적인 말이었다.

"그, 그게 무슨 말이죠? 왕과 왕비라니……."

"말 그대로야. 카멜롯의 왕과 왕비가 될 생각 없느냐고. 원한다면 얼마든지 내가 그 자리에 올려 줄 수 있거든."

한 나라의 왕위를 주머니에서 과자 꺼내 주듯 줄 수 있다고 말한다.

오만하다 못해 광오하지 않은가.

"미쳤군요. 왕위가 당신의 뜻대로 좌지우지될 줄 아나요?"

"어. 좌지우지돼. 너희도 알고 있겠지만, 아서 왕을 뒤에서 조종하던 멀린 녀석을 내가 처리했거든."

랜슬롯과 귀네비어의 두 눈이 커질 수 없을 만큼 커졌다.

사실 둘은 아서 왕의 비밀을 알고 있었다.

멀린에 의해 만들어진 아서 왕의 실체를 말이다.

애초에 랜슬롯을 사모하던 귀네비어가 왕비가 된 것도 멀린이 강제적으로 꾸민 일.

그 실체를 알고 있던 두 사람이 지금처럼 사랑의 도피를 떠난 건 당연한 수순이었다.

"정말 멀린, 그 간악한 자를 처치했소?"

믿을 수 없었던 랜슬롯이 물었다.

믿지 못할 수밖에.

멀린이 누구인가.

수백 년간 살아오며 세상에 존재하는 모든 마법을 완벽히 익혀 낸 괴물 중에 괴물이다.

그 힘은 손짓 하나만으로 일국을 멸망시킬 수 있을 정도.

그의 실체를 알면서도 감히 대적하지 못한 채 도망친 것도 이러한 이유 때문이었다.

그런 멀린을 죽였다?

아무리 눈앞에 있는 자가 대단하다 한들 쉽게 믿을 순 없는 일이었다.

툭.

대답 대신 증거를 보여 주었다.

바닥에 떨어진 건 바로 멀린이 항상 손에 끼고 있던 그의 반지.

"이거면 대답이 될까?"

그 반지는 언제 어느 때라도 손에서 빼지 않던 것이니 증거가 되고도 남는 것이었다.

"멀린이 죽었다는 건 확인했을 테고. 이제 선택해. 죽을래, 아니면 왕과 왕비가 될래?"

아직도 얼떨떨한 표정의 랜슬롯과 귀네비어였다.

하지만 그 대답이 무엇인지 짐작하는 건 어렵지 않은 일이었다.

선택의 여지를 줬으나 사실 선택이 아닌 거나 다름없었기 때문이다.

⌘

카멜롯의 궁전 안에 마련된 연무장.

넓은 연무장 안을 이리저리 휘젓고 다니는 7인.

그 몸놀림은 현재 입문자들의 육안으로는 분간할 수 없을 정도로 쾌속했다.

콰앙!

손과 발이 부딪칠 때마다 굉음이 울렸다.

소리만 요란한 게 아니었다. 그 공격에 내포된 힘은 능히 산을 허물 수 있을 정도.

강화 마법으로 도배된 연무장 바닥이 패이고, 부서진다.

하지만 절정이라 할 만한 광경은 따로 있었다.

갑자기 주변 대기의 흐름이 한 사내를 향해 모여들었다.

삼라만상의 기운을 모두 담으려는 듯 끊임없이 주변의 기를 끌어당기던 사내는 다음 순간, 주먹을 하늘을 향해 뻗었다.

콰콰콰콰.

하늘이 무너진 것일까.

종말이 찾아온 듯한 굉음이 연이어 울려 퍼졌다.

하늘을 쪼갤 듯 솟아오르던 기운은 잠시 후 허공에서 흩어지며 소멸되었다.

"후우."

사내, 준형이 숨을 내뱉었다.

정훈에게 전해 받은 스킬 북을 통해 습득한 파천을 발현했다.

과연 하늘을 깨부순다는 권법답게 그 위력은 상상을 초월하는 것.

이 스킬을 좀 더 극대화하기 위해 기존에 입고 있었던 무구도 변경했고, 공을 들여 숙달의 과정을 거치고 있었다.

그것은 그의 오랜 지기들도 마찬가지였다.

대영과 제만을 시작으로 1막에서부터 7막에 이르기까지 험난한 시련을 함께 헤쳐 온, 믿을 수 있는 이들이었다.

아무리 공평한 처사로 유명한 준형이라 해도 팔은 안으로 굽을 수밖에 없었다.

정훈에게서 받은 무극지도의 일곱 초식은 그 자신을 포함한 지기 6명에게 돌아갔다.

엄청난 위력을 지닌 스킬과 덤으로 받은 휘황찬란한 무구의 덕분으로 이전과 비교해 족히 수배는 무력을 상승시킬 수 있었다.

'이제 더는 나약한 놈으로 남지 않겠다.'

이스턴 세력과의 격전으로 많은 이들을 잃어야만 했다.

무력했다. 괴로웠다. 그저 정훈의 능력에 기대어야만 하는 현실에 좌절도 했었다.

하지만 그는 그냥 주저앉지 않았다.

비록 정훈의 도움을 빌리는 한이 있어도 주저하지 않은 채 앞만 보고 여기까지 왔다.

비로소 한 사람의 역할을 할 수 있게 된 것이다.

"준형 님, 긴히 드릴 말씀이 있습니다."

감상에 빠져 있던 그의 옆으로 다가온 건 태운이었다.

처음 만났을 땐 열다섯 살의 어린 나이였지만, 친형처럼 준형을 믿고 따랐고, 어떤 위험한 상황에서도 그를 보필한 충신이었다.

"무슨 일이지?"

"그게…… 작은 소동이 좀."

"소동?"

망설이던 태운이 꺼낸 말에 준형을 비롯한 간부들의 얼굴이 굳어 갔다.

그 소동은 생각보다 심각한 것이었다.

원탁의 기사 선발전에서 정훈에게 충성을 맹세한 강자들이 준형의 지위에 대한 불만을 제기한 것이다.

'우리는 정훈 님에게 충성한 거지, 그들에겐 아니다. 약자에게 머릴 숙일 순 없다.'

이 세계는 강자존의 법칙이 지배하는 곳. 무력이 곧 지위며 모든 것이다.

정훈의 아래 부사령관인 준형의 무력이 생각보다 변변치 않다는 것을 알게 된 그들이 반발하고 나서는 것은 당연한 일이었다.

'정훈 님은 이러한 상황도 예측하셨구나.'

준형은 감탄했다.

지금 이 순간에 스킬 북과 무구를 전해 준 것은 어쩌면 이러한 일을 예견한 것이 아니었을까.

적잖이 감탄한 그는 이내 머릿속에서 그 모든 것을 지웠다.

감탄만 하고 있을 때가 아니다.

지금은 그저 말로만 떠드는 것에 불과하나 그 불만이 커지면 반란으로 이어질 수도 있다.

정훈이 힘들게 포섭해 온 이들이다.

자신으로 인해 그 모든 것을 망칠 순 없었다.

"오늘 확실히 서열을 정리해야 되겠습니다."

준형이 좌중을 둘러보며 말하자 모두들 고개를 끄덕였다.

불과 조금 전까지만 해도 그들과 다투게 되었다면 불안했을 것이다.

하지만 지금은 다르다.

모두의 눈빛에 자신감이 넘쳤다.

준형을 필두로 한 간부들이 걸음을 옮겼다.

불만의 싹을 확실히 잘라내기 위한 당당한 걸음이었다.

❈

한바탕 피바람이 불었던 카멜롯 왕국은 빠른 시간에 안정을 되찾아 갔다.

그 모든 일의 중심에는 정훈이 있었다.

수완이 대단하다거나 언변이 뛰어나서가 아니다.

그가 일을 해결하는 데 최우선으로 삼은 건 무력이었다.

끝을 알 수 없는 압도적인 힘으로 저항하는 모든 것을 내리 눌렀고, 그의 의지 하에 모든 것이 이루어졌다.

그 첫 번째 행보는 공석이 된 왕위에 불륜 기사인 랜슬롯을 앉히는 것이었다.

불명예스러운 불륜을 저지른 인물이다.

백성을 비롯한 대신들의 반대가 뒤따르는 건 당연한 일이었다.

하지만 그들의 반대에 아랑곳할 정훈이 아니었다.

반대하거나 저항의 기미가 보이는 모든 이들을 죽였다.

그로선 귀찮게 돌아갈 필요가 없었다.

그야말로 피의 숙청이 이루어졌고, 그 공포를 견디지 못한 이들은 감히 반대를 표하지 못했다.

랜슬롯이 왕위에 앉고, 귀네비어가 다시금 왕비의 자리로 돌아갔다.

열쇠지기를 소환할 수 있는 특수 조건 중 하나.

랜슬롯과 귀네비어를 왕과 왕비의 자리에 앉히는 불가능한 일이 실현되는 순간이었다.

두두두.

꿍음과 함께 흙먼지가 자욱하게 일어났다.

앞도 분간할 수 없을 정도의 흙먼지는 수를 셀 수 없는 병력으로 인해 생겨난 것이었다.

말과 사람, 그리고 병장기가 한데 섞인 병력은 광활한 평야를 지나 곧장 카멜롯을 향해 전진하고 있었다.

"저기 성이 보이는군."

온통 검게 칠해진 갑옷을 착용한 사내가 나직이 중얼거렸다.

"모드레드, 이제 당신의 숙원을 풀 날이 얼마 남지 않았군요."

나란히 옆에서 말을 모는 보랏빛 로브의 마녀, 모르가나가 말을 보탰다.

배덕의 기사 모드레드와 마녀 모르가나.

한때 카멜롯의 원탁의 기사, 그리고 궁정 마법사 멀린의 제자의 신분이었던 그들은 반란을 일으켜 추방을 당하고 말았다.

"지난번엔 실패로 돌아갔으나 이번에는 반드시 멀린, 그 자를 처치하고 말리라."

투구 사이로 비치는 안광이 밝게 빛난다.

왕위를 탐내어 반역을 일으켰다고 알려져 있는 세간의 평과 달리 두 사람은 누구보다 카멜롯을 아끼는 충신이었다.

모든 시작은 모르가나가 멀린의 음모를 알아채면서부터 시작되었다.

멀린의 제자이기도 했던 그녀는 우연이 멀린의 야욕을 알게 되었고, 이를 사랑하는 연인 모드레드에게 알렸다.

유달리 공명정대한 성향을 지니고 있었던 모드레드는 참지 못하고 멀린을 공격, 반란이라는 죄를 뒤집어쓰고 추방을 당했던 것.

지위와 명예, 모든 것을 잃은 채 변방으로 물러났지만 그의 충의는 꺾이지 않았다.

언젠가 반드시 멀린을 처치하고 그의 수중에 떨어진 카멜롯을 정상으로 되돌릴 것이라 다짐하며 세력을 키워 왔다.

"실패를 의심치 마세요, 모드레드. 우리에겐 그가 있으니 반드시 성공할 거예요."

모르가나의 말에 모드레드가 고갤 끄덕였다.

사실 아직은 때가 아니라고 여겼으나 얼마 전 받아들인 입문자들로 인해 생각을 바꿀 수밖에 없었다.

그야말로 압도적인 힘을 지닌 그들이 있는 한 패배란 있을 수 없다.

마음속에 일어나는 한 가닥의 불안감을 애써 부인한 채 다시 한 번 말고삐를 말아 쥐었다.

지금은 딴생각할 때가 아니다. 적이 방심한 틈을 타 카멜롯으로 입성해야만 했다.

✦

평소 고요하기만 했던 궁이 시끄럽다.

중요 대신들은 모두 알현실에 모이라는 왕의 전언이 있었기 때문이다.

문무文武를 가리지 않은 모든 대신들이 알현실에 입장했다.

"폐하. 모든 대신들이 당도했습니다."

"……."

금과 보석 등으로 치장된 화려한 왕좌에 앉은 왕 랜슬롯은 재상의 말에도 미동하지 않았다.

다만 그의 시선은 한 곳을 향해 있을 뿐이었다.

왕좌로 올라가는 계단의 한쪽.

그곳에 무덤덤한 표정의 정훈이 서 있었다.

사실 그를 응시하고 있는 건 랜슬롯만이 아니었다. 모든 대신들이 오직 그만을 주시했다.

왕은 랜슬롯이나, 사실 권력의 정점은 정훈이라는 것을 모두가 알고 있었기 때문이다.

꼭두각시도 이런 꼭두각시가 없다.

멀린의 경우엔 배후에서 은밀히 조종이라도 했지, 정훈의 경우엔 대놓고 모든 권력을 쥐고 있었다.

하지만 그 누구도 반발하지 못했다.

그에게 반발한 모든 이가 죽었다.

예외란 존재치 않았다.

저항의 기미라도 보였다간 여지없이 목이 달아났다.

그 과정을 처음부터 보아 온 이들의 마음속에는 공포가 자리하고 있었다.

그것은 정훈이란 존재에게 옴짝달싹할 수 없는 근원적인 공포였다.

"지금 모드레드와 모르가나가 반군을 이끌고 카멜롯으로 다가오고 있다."

모두의 시선 속에서 튀어나온 한마디.

"무엇이?"

"바, 반군이 말입니까?"

랜슬롯을 비롯한 모두가 깜짝 놀랄 수밖에 없었다.

반군이라니.

그것보다 모드레드와 모르가나라는 말에 더욱 놀랐다.

"그들이 아직 살아 있었단 말입니까?"

명색이 왕위에 앉은 랜슬롯이었지만 정훈에게는 하대를 하지 못했다.

웃긴 사실은 이 자리에 있는 모든 대신들이 그러한 점을 이상하게 생각하지 않는다는 것이었다.

왕 위에 왕. 그게 바로 지금의 정훈이 있는 자리였다.

"물론. 게다가 전보다 더욱 강력해져서 돌아오는 중이지."

"허어, 그럼 큰일이 아닙니까. 카멜롯은 지금 안정을 되찾아 가는 중인데……."

누구보다 카멜롯의 사정에 환한 이들이다.

자신이 있기에 병력을 일으켰을 터.

만약 그들이 카멜롯에 당도하게 된다면 꽤 힘든 싸움이 될게 뻔했다.

"녀석들이 카멜롯에 당도하는 일은 없을 거다. 그들의 무덤은 캄란 성이 될 테니."

올트리아 평야가 끝나는 지점, 카멜롯으로 가기 위해선 반드시 통과해야 하는 요새가 바로 캄란 성이었다.

"하지만 병력을 이끌고 그곳까지 가려면 시일이 많이 소요되지 않습니까?"

감히 누구도 말을 꺼내지 못하는 자리에서 태연히 말을 꺼낸 건 준형이었다.

다들 미미하게 고개를 끄덕였다.

그가 정훈의 심복이라는 사실을 알고 있었기 때문이다.

그리고 그의 말은 모두의 의문을 대표한 것이기도 했다.

"걱정 마라. 단숨에 이동할 방법이 있으니."

그리 말한 정훈의 품 속에서 정체불명의 것이 튀어나왔다.

날렵한 움직임으로 지면에 안착한 그것은…….

"닭?"

일반 닭과는 달리 붉은 깃털을 지닌 그건 훌쩍 성장한 치느님이었다.

"녀석이 우리를 캄란으로 인도할 거다."

정훈의 보관함에 고이 보관되어 있었던 무구를 섭취한 치느님은 능력은 무궁무진했다.

❦

"캄란 성……."

병력을 이끌고 나아가던 모드레드는 멀리 보이는 고성을 보며 읊조렸다.

주변이 온통 산맥으로 뒤덮인 이곳에서 카멜롯으로 가장 빠르게 들어가기 위해선 반드시 저 성을 거쳐야만 했다.

적이 방비하지 못한 기습의 때를 노리는 모드레드였기에 시일이 오래 걸리는 산맥 길을 택할 순 없었다.

'아직 눈치채지 못했을 것이다.'

은밀히 일으킨 병력이다.

언젠가 눈치는 채겠지만, 그게 지금은 아니었다.

"모르가나."

"지금 바로 탐지를 시작할게요."

그래도 만약의 경우를 버릴 수 없기에 모르가나의 마법의 힘을 빌렸다.

그녀의 손에서 펼쳐진 대규모 탐지 마법이 캄란 성을 샅샅이 뒤졌다.

"느껴지는 건 없네요."

"역시, 아직 방비가 되지 않았군."

멀린과도 비견될 정도로 뛰어난 마력을 지닌 모르가나다.

그녀의 마법에 한 치의 의심도 가지지 않은 모드레드가 멈춰 있던 병력에 진군을 명했다.

개방된 성문을 향해 차례로 진입을 한다.

까악, 까악.

망루에 앉은 까마귀가 불길하게 울어 댔다.

'이상해.'

분명 아무도 없다.

그런데 계속 감각에 느껴지는 이 불길한 것은 대체 뭐란 말인가.

알 수 없는 불안감 속에서 전진하던 그때였다.

끼이익, 쿵!

갑작스레 성문이 닫히고, 병력이 선두와 후미로 나뉘게 되었다.

"적이다!"

성문이 그냥 닫히진 않았을 터.

적이 있음을 간파한 모드레드가 재빨리 주변을 살폈다.

공간이 어그러지고, 투명화 마법으로 몸을 숨기고 있었던 적의 대규모 병력이 마침내 모습을 드러냈다.

"이, 이럴 수가. 분명 탐지 마법엔 아무것도 잡히지 않았거늘…….”

믿을 수 없었던 모르가나가 두 눈을 부릅떴다.

대마법사 멀린과도 비견될 정도로 뛰어난 마력을 지닌 그녀가 아닌가.

"미안하지만 우리에게도 뛰어난 대마법사가 있어서 말이야."

대경한 모드레드와 모르가나의 곁에 선 사내.

그의 오른쪽 어깨에는 붉은 깃털의 닭이 요란하게 울음을 터뜨리고 있었다.

* * *

카멜롯과 캄란 성까지의 거리는 상당히 멀다.

거기에 대규모 병력이 이동할라 치면 족히 열흘은 걸리는 거리였다.

하지만 이미 모드레드와 모르가나의 반군은 캄란 성을 앞에 두었을 무렵이었다.

그럼에도 여유를 피울 수 있었던 건 치느님의 능력이 있었기 때문이다.

지금껏 주인을 찾지 못해 보관함에서 잠들어 있던 각종 태고급의 무구가 모두 치느님의 먹이로 전락했다.

태고급이라 하면 어마어마한 권능을 지닌 무구. 하지만 치느님의 성장을 위해 과감히 투자했다.

결과는 나쁘지 않았다.

정훈의 의도대로 공격적인 권능은 얻지 못했으나 지원가다운 각종 권능을 습득하게 된 것이다.

그중에는 대규모 공간 이동 마법도 있었다.

곧장 병력을 소집해 공간 이동 마법으로 캄란 성에 도착한 그가 다음으로 준비한 건 대규모 투명화 마법이었다.

태고급 무구에 갖춰져 있었던 권능은 모르가나의 마법에도 탐지되지 않는 놀라운 능력을 보여 주었다.

모든 것이 모드레드의 병력을 고립시키려는 의도였고, 그 의도는 대성공을 거두었다.

"아직 승부는 끝나지 않았다!"

적의 함정 속에 아가리를 들이민 꼴이었으나 모드레드는 그리 쉽게 포기하지 않았다.

그는 허리에 찬 검, 클라렌트를 뽑았다.

본래 아서 왕의 소유였던 검으로, 기사를 서임하는 데 쓰였던 서약의 검.

하지만 멀린이라는 배후를 알게 된 그가 강제로 뺏은 것이기도 하다.

태고급에 이른 강력한 기운이 검에 맺히고, 그것은 곧 반월형의 검기가 되어 정훈에게 쇄도했다.

쐐애액!

정훈의 손에서 섬광이 번뜩이자, 세계를 둘로 쪼갤 듯 다가오던 검기가 소멸했다.

전력을 다한 공격이 너무도 간단히 소멸했지만, 모드레드는 이를 악물었다.

범상치 않은 적이라는 건 이미 간파하고 있었다.

"모르가나!"

일검은 잠시 시간을 벌기 위한 것.

곧 모르가나의 손에서 펼쳐진 강대한 기운이 모드레드의 몸에 스며들었다.

세간엔 마녀로 알려진 모르가나는 사실 지원가 쪽에 가까운 권능을 지니고 있었다.

그녀의 강대한 마력은 모드레드의 육신을 강화시켰고, 절정의 힘을 부여받은 그가 지면을 튕기며 정훈에게 짓쳐들었다.

카캉!

검과 검이 부딪치며 맑은 쇳소릴 냈다.

혼신의 힘을 다한 일격에도 정훈은 밀리지 않았다.

도리어 손아귀가 찢어지는 듯한 충격에 모드레드가 한 발짝 뒤로 물러섰다.

"한 번도 보지 못한 얼굴이로군. 대체 네놈은 누구지?"

그 실력에 경탄한 모드레드가 물었다.

"네 녀석을 굴복시킬 자."

"감히!"

모욕을 당했다고 생각한 모드레드가 조금 전보다 더욱 빨라진 속도로 검을 휘둘렀다.

쾅쾅쾅!

기운을 머금은 검은 쇳소리가 아닌 폭음을 동반했다.

치열한 공방전. 아니, 그건 일방적인 승부였다.

얼굴을 일그러뜨린 채 일격에 혼신의 힘을 쏟아붓고 있는 모드레드와 달리 정훈의 얼굴은 한 치의 변화도 없다.

그 표정만 봐도 승부의 향방은 알 수 있는 것이었다.

"이놈!"

그것을 깨달은 모드레드가 분노하며 검을 휘두를 때였다.

"제길!"

시종일관 여유를 부리던 정훈이 한차례 욕설을 터뜨리며 모드레드를 등졌다.

적을 앞에 두고 등을 보이다니.

분노한 모드레드가 그대로 검을 내리그으려 했으나 그 시도는 이루어지지 못했다.

'이, 이 무슨…….'

정훈의 몸에서부터 어마어마한 기운이 쏟아져 나왔다.

모드레드와 같은 강자도 감히 손가락 하나 까닥할 수 없게 만드는 그 기운이 절정에 이른 그 순간이었다.

힘차게 떨쳐낸 용광검은 정면, 언제 다가왔는지 모를 검은 기운과 충돌을 일으켰다.

콰콰콰콰쾅!

세상이 종말을 고할 때가 되었을까.

충돌로 인해 생긴 어마어마한 충격파가 장내를 휩쓸었다.

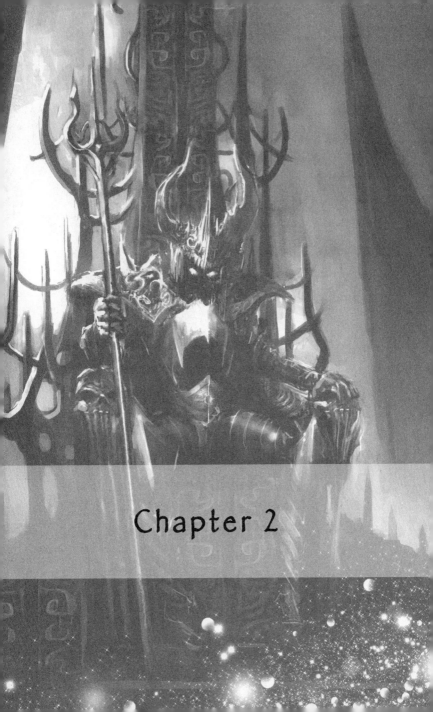

Chapter 2

그 충격을 고스란히 받아 내야 했던 정훈은 약 10미터가량을 미끄러졌다.

'강자!'

깨달음을 얻은 이후 강자라고 느낀 적은 전무했다.

이계조차 좁다고 느낄 만큼 본인의 무력에 자신이 넘쳤지만, 지금 생각을 달리할 수밖에 없었다.

저릿한 손아귀를 애써 무시하며 정면을 바라봤다.

거대한 성문마저도 두 쪽으로 갈라 버린 존재가 멀리서 걸어오고 있었다.

저벅.

그가 걸을 때마다 몸 주변에서 발산된 검은 아우라가 주위를 물들이고 있다.

"아악!"

"크윽!"

검은 아우라에 닿은 이들이 고통에 신음하며 쓰러졌다.

그것은 피아를 구분하지 않았다. 신살은 물론 모드레드의 병력마저 집어삼켰다.

공간을 확장한 아우라에 수많은 이들이 죽어 나갔다.

"이, 이게 무슨 짓이냐!"

자신의 병사가 죽어 나가는 것을 본 모드레드가 소리쳤다.

의문의 인물은 얼마 전 그가 받아들인 입문자로 아군인 셈이었다.

그런데 자신의 병사들을 죽이다니.

"헛소리 말고 피해 있어. 녀석은 이곳에 있는 모든 생명체를 말살할 작정이니까."

어느새 모드레드를 안아 든 정훈이 힘을 주어 멀리 집어던졌다.

갑자기 없던 인정이 생겨난 게 아니었다.

열쇠지기를 소환하기 위해선 반드시 그의 도움이 필요했기에 어쩔 수 없었다.

그를 먼 곳까지 보내고 나서야 안심한 정훈이 정면을 응시했다.

느릿하게 걸어오는 것 같더니 어느새 지근거리까지 접근

한 의문의 사내였다.

길게 내려온 장발이 얼굴을 가리고 있었으나 그 정체를 짐작하는 건 매우 쉬운 일이었다.

흑의 무복을 입은 그의 가슴팍에 생동감 넘치는 용의 형상이 수놓아져 있었던 것이다.

"드디어 납시었군."

정훈은 직감할 수 있었다. 지금껏 소문도 요란했던 신마의 제일 제자, 대사형이라 불리는 자의 등장을.

"그대인가. 내 사제와 사매들을 죽인 장본인이?"

"전부는 아니긴 한데, 대다수는 그렇지."

"그렇군. 어차피 죽어도 될 정도로 나약한 존재들이나 나도 옛정이란 게 있어서. 지금부터 복수를 시작할까 하는데."

"마음대로. 그리고 괜한 잔챙이들 건드리지 말고 들어와."

쾅!

말이 끝나기 무섭게 쇄도한 대사형의 주먹이 용광검에 가로막혔다.

인지를 벗어난 움직임.

하지만 정훈의 반응은 그 모든 것을 초월할 정도로 빨랐다.

"입만 산 녀석은 아니로구나."

지금껏 수많은 적들을 만나 왔으나 자신의 일격을 막아 낸 자 누구였던가.

기억도 나지 않는다. 어쩌면 최초일지도 모른다.

모처럼 상대할 맛 나는 상대를 만난 기쁨에 요란하게 손과 발을 뻗었다.

쾅쾅쾅!

명색이 뼈와 살로 이루어진 육신은 태초급의 예리함에도 아랑곳하지 않았다.

오히려 검을 든 정훈이 계속되는 충격에 뒤로 밀려날 정도였다.

"운룡 그 녀석이 곧잘 날 따라하곤 했지만, 형편없는 수준이었지."

제2 제자인 운룡의 권법은 사실 대사형을 모방한 것에 불과했다.

당연히 그 능력의 차이는 하늘과 땅.

운룡의 권법은 그저 어린아이의 손장난에 불과하게 느껴질 정도로 대단한 권법을 구사했다.

어지러이 날아오는 주먹의 궤적을 예측하는 건 불가능한 일이었다.

두 번의 깨달음을 통해 얻은 심안이 없었다면 단 일격을 버티지 못한 채 누워 버렸을 것이다.

오른쪽으로 다가오는 것 같다가 갑자기 방향을 틀어 뒤통수를 노린다.

예지에 가까운 예측을 하지 않는다면 막는 게 불가능한 권법.

그것도 모두 치명적인 급소만을 노리는 사권死拳이었다.

"자랑스러워해도 된다. 이스턴에서도 너와 같은 강자를 보지 못했다. 하나 그 정도 수준으론 이 나를 대적하기엔 무리다!"

콰앙!

전력이 실린 주먹이 용광검을 강타하는 순간, 검 너머로 전해지는 충격에 정훈의 육신이 튕겨져 나갔다.

이번에 끝장을 보려는 듯 몸을 튕긴 대사형이 바짝 쫓아왔다.

파파파팟!

천지를 가득 메우는 손과 발. 그 하나하나에 실린 위력은 정훈이 쉽게 감당할 수 없는 것이었다.

이 위급한 순간 정훈의 선택은 그간 사용을 자제하던 무구의 권능을 이용하는 것이었다.

'불어라.'

바람의 권능을 이용해 몸 주변에 보호막을 씌웠다.

콰콰콰콰쾅!

쉴 새 없이 보호막을 때리는 공격을 버티기 위해 계속 마력을 주입했다.

웅웅웅.

주인의 위기에 용광검이 검명을 토해 냈다.

태초급의 무구인 용광검도 버텨 내기 쉽지 않은 강력한 공격이었다.

'더는 무리다.'

버텨 낼 수 있을 거라 생각했지만, 오판이었다.

대사형의 권법은 위력적이었고, 변화무쌍했다.

깨달음을 얻은 그의 심안으로도 파악하기가 힘들 만큼 신묘한 묘리가 섞여 있었다.

"치느님!"

꼬댁?

정훈의 부름에 품속에 있던 치느님이 나와 고개를 갸웃했다.

녀석에겐 주인의 위기 따위는 그리 중요치 않았다.

'공간 이동!'

의지를 전하자 치느님의 흐리멍텅한 안광에서 불이 뿜어져 나왔다.

슈슉.

공간을 넘은 정훈의 육신이 처음과는 꽤 멀리 떨어진 곳, 성곽 위에 당도했다.

"잔재주를 부리는구나!"

곧바로 정훈의 위치를 파악한 대사형이 폭발적인 속도로 쇄도한다.

꽤 먼 거리였지만, 금방 잡혔다.

'치느님, 강화를.'

예상보다 강한 적의 등장에 치느님의 권능을 종용했다.

꼬끼오!

그 명령에 힘찬 울음을 터뜨린 녀석이 그 짧은 날개를 파닥거렸다.

정훈의 머리 위에서 붉은 깃털이 날린다.

그것은 치느님이 지닌 권능이 부여된 표시.

태고급 무구에 내장되어 있었던 강력한 권능이 정훈의 몸을 감쌌다.

육신의 강화는 곧 인지의 향상을 뜻한다.

지금껏 쉬이 예측하지 못했던 대사형의 손과 발의 궤적이 보이기 시작했다.

쾅!

"크읍!"

힘 또한 마찬가지.

지금껏 줄곧 밀리기만 했던 정훈의 공격에 대사형이 밀려났다.

치느님이 강화한 권능은 무려 20개.

그야말로 버프로 도배한 정훈의 육신은 이미 대사형의 힘을 초월하고 있었다.

쉬쉬쉭.

눈에 보이지 않는 바람의 칼날이 대사형의 옷깃을 잘라냈다.

지금껏 그 어떤 이도 옷깃 하나 스치지 못했던 신묘한 보법을 뚫은 공격이었다.

머리칼에 가려져 있던 대사형의 눈동자 속에 놀람을 넘어 경악이 깃들었다.

"이제 잔재주로 보이지 않지?"

비아냥대는 정훈의 말에 어떠한 답도 할 수 없었다.

조금 전과는 비교할 수 없을 속도로 접근한 정훈의 검이 횡과 종으로 베어져 들어왔다.

그 순간 대사형은 환영에 휩싸였다.

세상을 덮치는 거대한 십자가의 환영.

어디로 피할 곳도 없다. 있다면 정면 돌파뿐이었다.

"흐아아아!"

얼굴을 가리고 있던 장발이 하늘로 곤두섰다.

머리칼 속에 가려져 있던 대사형의 얼굴이 드러났다.

비록 정돈하지 않은 수염과 제때 씻지 않아 너저분했지만, 상당히 젊어 보이는 얼굴이었다.

본래는 잘생겼을 법한 얼굴이었지만 지금은 충혈된 눈과 핏대로 인해 악귀의 형상일 뿐이었다.

구구구궁!

전력을 다한 정권지르기.

혼신의 힘이 담긴 그 공격은 정훈이 만든 십자 베기의 환영을 깨부쉈다.

"쿨럭!"

하지만 그 또한 무사하지 못했다.

한계 이상으로 끌어올린 힘으로 인해 내상을 입은 것이다

오장육부가 뒤틀리는 고통 속에 검붉은 피를 한 움큼 토했다.

그 공방전은 승패를 결정한 것이나 다름없다.

그렇지 않아도 밀리는 상태였던 대사형은 운신의 폭을 제한하는 내상으로 인해 더욱 불리한 상태가 되었다.

하지만 정훈은 멀쩡하다. 아니, 끌어넘치는 기운을 주체하지 못할 정도였다.

그만큼 치느님이 전해 준 힘은 대단한 것이었다.

'어렵사리 얻은 보람이 있군.'

본래는 무구를 쥐고 있어야만 발휘되는 능력을 치느님을 통해 마음껏 발휘할 수 있다.

그답지 않게 사랑이 담긴 눈길로 파닥대는 치느님을 응시하다 이내 대사형에게 시선을 줬다.

"이걸로 끝이다."

살려줄 가치가 없는 적에게 자비를 베풀 마음은 없다.

전심전력을 다해 용광검을 휘둘렀다.

내상을 입은 대사형에겐 사형선고나 다름없는 일격이었다.

"흡!"

하지만 정작 숨 가쁜 신음을 흘린 건 정훈이었다.

좀처럼 놀라지 않는 그의 눈이 커졌다.

대사형은 용광검의 날을 맨손으로 잡고 있었다.

아무리 힘을 줘도 꿈쩍도 하지 않았다.

"내 그래서 말하지 않았느냐. 세상은 넓고 강자는 모래알과도 같이 많다고. 이 사부의 말을 귓등으로도 듣지 않더니, 쯔쯔쯧."

그의 입에서 나왔으나 조금 전 그의 음성과는 전혀 달랐다.

마치 다른 사람 같다. 단지 음성뿐만이 아니다.

눈을 채운 건 흰자위, 검은 머리칼은 백색으로 물들었다.

주변을 가득 메운 기운 또한 패기 가득한 검은색이 아닌 허허로운 백색의 기운이었다.

조금 전의 그와 동일 인물이 맞는지 의심될 정도로 모든 게 한순간에 변해 있었다.

퍼억!

벼락처럼 날아온 주먹이 복부를 관통했다.

"커헉!"

강화된 육신도 인지할 수 없는 속도. 아니, 그건 속도라 표편할 수 있는 영역의 것이 아니었다.

의지를 품은 순간 이미 그 주먹은 복부에 꽂혀 있었다.

예측이 통하지 않는, 인과율마저 거부하는 절대의 법칙과도 같았다.

고통에 찬 신음을 내뱉은 정훈이 상체를 숙였다.

각종 언령과 솔로몬의 무구가 가져다준 피해 감소의 능력이 없었다면 그 한 방으로 승부는 결정되었을 것이다.

　"호오, 굉장히 단련된 몸을 지니고 있구나. 본 좌의 일격을 버텨 낸 자 일찍이 존재하지 않았거늘."

　적을 눈앞에 둔 상황에서도 여유롭다.

　자만? 아니, 그건 당연한 여유였다. 이 세상의 그 어떤 존재 앞에서도 여유로울 수 있는 당연한 권리와 같은 게 느껴졌다.

　"흐음, 안타깝구나. 내 너를 일찍 만났다면 비광이를 택하지 않았을 터인데."

　흰자위에 언뜻 비치는 것은 탐욕이란 이름의 욕망이었다.

　"하나 이미 늦은 일. 내 경의를 표하는 의미로 고통 없는 죽음을 선사하마."

　그리 중얼거린 대사형, 아니, 그의 탈을 쓴 어떤 존재가 손을 들었다.

　무어라 형용할 수 없는 기운이 그의 손에 모여들었다.

　그것은 정훈이 지닌 혼돈의 힘과는 전혀 반대의 것. 모든 것을 무로 돌리는 공허함이었다.

　'치느님!'

　절망의 순간, 강렬한 의지를 담아 치느님을 외쳤다.

　그 부름에 응답한 치느님이 날개를 파닥거리며 권능을 발휘했다.

조금 전 대사형의 공격에서도 그를 구해 준 바 있는 공간 이동이었다.

"그따위 잔재주가 소용이 없으니."

캄란 성을 넘어 평야의 한 곳으로 이동했다. 하지만 등 뒤에서 들려오는 음성에 절망할 수밖에 없었다.

콰득.

살과 뼈를 가르는 섬뜩한 소리.

그 순간 정훈은 볼 수 있었다.

자신의 왼쪽 가슴을 뚫어 나온 상대의 팔을, 그리고 손에 쥐어진 자신의 심장을 말이다.

"편히 가거라."

푸확!

심장을 터뜨린 그 장면을 마지막으로 정훈의 눈동자가 감겼다.

아무리 철두철미한 성격이라도 적을 죽인 후에 찾아오는 찰나의 안심, 그 방심의 순간은 누구라도 벗어날 수 없다.

대사형의 탈을 쓴 어떠한 존재도 예외는 아니었다.

번쩍!

감겨 있던 정훈의 눈동자가 떠졌다.

망설임은 없었다.

푸욱.

혼신의 힘을 다한 일검이 대사형의 목을 꿰뚫었다.

언령 : 불사자不死者

획득 경로 : 추가 시나리오, 오시리스의 복수 완료
각인 능력 : 죽음에 이르는 공격에 대해 1회의 회피권 부여(단, 이 능력은 한 번 발동하면 소멸됨)

죽음에서 살아나올 수 있었던 건 죽음의 신, 오시리스를 처치하고 얻은 언령의 능력 덕분이었다.

대사형의 탈을 쓴 정체 모를 존재의 실력은 아무리 그라도 감당할 없는 수준이었다.

각종 뛰어난 효과의 물약을 복용한다면?

소비 용품을 이용해 함정을 판다면?

그 모든 게 무의미하다는 것을 깨달은 그는 불사자의 언령을 떠올리곤 지금 이 순간을 계획했다.

아무리 의심 많은 자라 할지라도 상대를 죽인 그 순간에 찾아오는 빈틈은 어찌할 수 있는 게 아니다.

불사자의 능력으로 다시 한 번 생을 얻은 정훈은 그 순간의 틈에 검을 꽂아 넣었다.

"끄르륵."

목에 박힌 용광검에서 영혼마저 불태우는 불길이 일었다.

인간의 범주에 있는 자라면 그 불길에 즉사했을 것이다.

하지만 가래가 들끓는 소리를 낸 대사형은 죽음을 허락하지 않은 채 손을 휘저었다.

콰아아.

그저 발악적인 행동에 지나지 않았으나 그 위력은 정훈이라고 해서 경시할 수 없는 수준의 것이었다.

　스걱.

　위급한 순간에도 용광검을 한 번 비틀어 낸 그가 재빨리 뒤로 물러났다.

　콰쾅!

　가볍게 휘저은 그 장법에 의해 정훈의 뒤 공간이 그야말로 산산조각이 났다.

　치명상에 의해 동작이 굼떠지지 않았다면 과연 피할 수 있었을까.

　정훈의 등줄기로 식은땀이 한 줄기 흘러내렸다.

　"커흑, 커허헉."

　목이 반쯤 잘려 덜렁거렸다.

　하지만 대사형은 여전히 목숨을 부지한 채 어떻게든 회복을 하려는 모습이었다.

　어떻게 잡은 기회인데 이를 놓치겠는가.

　콰아아!

　발을 디딘 지면이 박살났다.

　폭발적인 속도로 나아간 정훈의 용광검이 회색빛으로 물들었다.

　혼돈의 기운.

　하지만 그건 지금까지의 것과는 궤를 달리하는 파괴력이

담겨 있었다.

'마지막 기회다.'

비록 상대에게 치명적인 피해를 주었으나 여전히 뭔가를 감추고 있는 느낌을 지울 수 없다.

지금이 아니라면 녀석은 부활한다.

깨달음을 통해 얻은 절대적인 감각이 그리 경고하고 있었다.

그렇기에 방심이란 없다.

최고, 최후의 일격을 준비했다.

그간 수많은 연습과 머릿속에 그려진 하나의 염원을 동작을 통해 표현한다.

"천지양단天地兩斷."

상단에 위치한 용광검을 아래로 그었다.

굉음이 울린다거나 강력한 기운이 쏟아진다거나 하는 등의 변화는 없었다.

스윽.

그저 바람을 가르는 작은 소음과 함께 허공을 갈랐을 뿐이었다.

제삼자가 보기엔 그랬다.

하지만 검을 휘두른 정훈이나 그 대상이 된 대사형, 비광은 똑똑히 볼 수 있었다.

천지가 세로로 갈라졌다.

세상의 경계가 무너지고 육신도, 정신도, 그 모든 것이 갈라졌다.

－가히 하늘에 닿은 일격이로다!

어째서인지 마음속에서 울려 퍼진 그 말을 끝으로 비광의 육신이 지면에 허물어졌다.

－마음이 이니 천지가 갈라진다. 훌륭합니다! 깨달음이 극에 달한 이만이 펼칠 수 있는 심검心劍의 스킬을 창조했습니다.

－고유 스킬, 천지양단 스킬을 획득했습니다.

－신마의 유산, 용의 전쟁의 최후 승자가 되었습니다.

－지고한 경지에 발을 들인 입문자의 업적을 경하하며 '언령 : 고금제일인古今第一人'을 부여합니다.

스킬을 창조할 수 있다는 이론이 사실로 확인되는 순간이었다.

"후우."

모든 기력을 소진한 정훈이 땅바닥에 털썩 주저앉았다.

손가락 하나 까닥할 기운이 없었다.

누군가 노리는 적이 있었다면 지금 이 순간엔 당할 수밖에 없으리라.

하지만 주위엔 아무도 없다.

그는 안심하고 휴식을 취할 수 있었다.

'휘유.'

지금껏 수많은 언령을 얻었다.

그런데 고금제일인과 같은 능력의 것은 듣도 보도 못했다.

이스턴 무사들의 능력치를 50퍼센트나 감소시킨다니.

물론 이제 이스턴 내에서도 적수를 찾기 힘들겠지만, 혹시
모르지 않는가.

능력치를 50퍼센트나 감소시킬 정도라면 승패에 결정적인
역할을 할 것이 틀림없다.

게다가 십팔반병기라면 거의 모든 무기에 한한 피해를 50
퍼센트로 감소한다는 것을 뜻한다.

위험한 강자와의 대결에서도 100퍼센트의 능력치 상승.
정훈 조차도 놀랄 수밖에 없는 어마어마한 능력이었다.

과연 고금제일인이라는 광오한 단어에 맞는 능력이라 할
수 있을 것이다.

잠깐의 휴식을 통해 기력을 어느 정도 회복한 그가 몸을
일으켰다.

눈앞에 번쩍이는 보상이 놓여 있다.

가장 먼저 눈에 들어온 건 역시 용환이었다.

10개 중 마지막을 장식할 백룡의 반지. 그것을 보관함에
넣은 순간이었다.

–절대자의 반지–천룡天龍을 획득했습니다.

–마침내 하나가 된 유산에 신마의 혼이 깃듭니다.

'음?'

하나가 된 반지까지는 이해할 수 있으나 신마의 혼이 깃들
다니.

이해할 수 없는 알림에 정보를 호출했다.

절대자의 반지–천룡

등급 : 태초

효과 : 모든 능력치 1단계 격상, 공격, 이동속도 100퍼센트 증가, 절대자
의 위엄 생성, 모든 무공 스킬이 최대치로 보정, 신마의 강신降神 가능.

설명 : 오랜 세월을 지나 마침내 하나가 된 절대자의 반지. 천룡의 기운
이 깃들어 착용자에게 절대의 능력을 부여한다.

*이전 주인이었던 신마의 혼이 깃들어 있다

언령의 효과에 놀라고 반지의 능력에 또 한 번 놀란다.

어마어마했다. 게다가 정훈을 아득히 뛰어넘는 경지의 신
마를 강신시킬 수도 있는 것이다.

'내가 상대했던 건 비광이란 자가 아니라 신마였구나.'

그제야 깨달을 수 있었다.

그를 죽음의 위기로 몰아넣었던 건 대사형이라 불린 비광이 아니라 바로 그 모두의 스승이기도 했던 신마였다는 사실을 말이다.

사실 신마는 오래 전에 죽음을 맞이했었다.

아무리 무공이 극에 이른 자라 할지라도 지나가는 세월을 어찌할 수 없고, 불멸의 삶을 살 수도 없었다.

그의 나이 250.

결국 노화를 막지 못한 신마는 죽음에 이르렀지만, 그 영혼은 여전히 남아 있었다.

인간에겐 금지된 이혼대법이란 사술을 통해 절대자의 반지에 그 영혼을 가두어 놓은 것.

하지만 그 영혼의 크기에 의해 반지는 10개로 나뉘어졌고, 이는 남은 제자들에게 돌아갔다.

물론 그 모든 건 신마가 남긴 계획이었다.

일찍이 자신의 죽음을 예견하고 있었던 신마는 무극지도란 이름의 무공을 통해 자신의 영혼이 깃들 수 있는 그릇을 만들고자 했다.

뛰어난 자질을 지닌 자만이 익힐 수 있는 무공을 통해 제자들을 시험했고, 대제자인 비광이 그 모든 것을 익히는 데 성공하게 되었다.

    10개 반지 사이를 마음대로 이동하던 그는 마침내 그릇이
완성되었음을 깨닫고 비광의 육신에 혼을 빙의했다.
    하지만 죽은 자가 산 자의 육신을 차지하는 게 쉬울 턱이
없다.
    본래 육신의 주인이 허락을 해야만 비로소 완전한 하나가
될 수 있는 것이었다.
    비광은 야망이 많은 자였다.
    현세에 길이 남을 명예를 안겨 주겠다는 신마의 말에도 꿋
꿋이 굴복하지 않고 저항했다.
    1년간 계속되는 설득에도 포기하지 않은 대제자의 모습에
적잖이 실망한 그는 다른 제자들이 무극지도를 익히길 바랐
지만, 이루어질 수 없는 일이었다.
    자질이 모자랐던 그들은 결코, 마지막을 익히질 못했고,
비광의 곁에 머물며 허송세월을 보내야만 했다.
    그러던 차에 이계로 소환되었다.
    하지만 비광의 상대가 될 자 존재하지 않았다.
    내심 기대하고 있었던 신마가 실망을 거듭하던 그때, 마침
내 때가 되었다.
    정훈이라는 강자의 등장.
    죽음의 문턱에 선 비광에게 자신을 받아들이라 외쳤고, 어
차피 이래 죽으나 저래 죽으나 결과는 마찬가지였기에 빙의
가 이루어졌다.

비광의 혼마저 흡수한 신마는 완전체가 되어 정훈을 압박했다.

실력 면에서는 말할 것 없이 위였다.

하지만 불사자의 능력을 몰랐던 그는 찰나의 방심에 의해 죽음에 이를 수밖에 없었다.

'흠, 다행히 강신은 정신에 아무런 영향을 미치지 않는 것 같군.'

강신이라는 능력을 좀 더 자세히 알아보던 정훈은 만족감에 고개를 끄덕였다.

혹, 비광과 같이 정신을 지배당하지 않을까 생각했지만, 단지 신마가 지니고 있었던 전투 경험이나 정신적인 무장 등을 의미하는 것이었다.

수백 년간 강호에서 일인자로 군림했던 신마의 정신 영역을 흡수할 수 있다면 그보다 더한 권능은 없을 거라 단언할 수 있었다.

'목숨을 걸어야 할 정도였지만, 이 정도 수확이라면……'

자칫하면 목숨을 잃을 뻔했던 위험한 순간이었다.

아니, 불사자 언령의 효과가 사라졌으니 목숨을 잃은 게 맞다.

문득 자신의 가슴팍을 응시했다.

조금 전 뚫고 지나갔던 흔적은 여전히 남아 있으나 상처는 모두 아물어 있었다.

다시 생각해도 몸서리쳐질 정도로 끔찍하다.

죽음의 순간 찾아온 그 아득한 기분은 무어라 설명할 방법이 없을 만큼 끔직했다.

'다시는 경험하고 싶지 않을 정도로.'

물론 이제 그런 일이 발생하면 안 된다.

불사자 언령은 효과를 발휘하는 것으로 사라져 버렸으니 이제 더는 여분의 목숨이 없는 셈이었다.

여분의 목숨이 없다는 것, 요행에 기댈 수 없다는 사실이 못내 무겁게 다가왔다.

'앞으로 상대해야 할 적은 이보다 더 강할 수 있다.'

그렇다면 앞으로 어떻게 해야 할 것인가.

그 답은 하나밖에 없다.

'태초급의 무구로 도배한다.'

용광검이나 절대자의 반지를 보면 알 수 있듯 태초급의 무구는 엄청난 권능을 부여해 준다.

만약 현재 정훈의 무력으로 태초급을 도배하다시피 한다면 어떻게 될까.

그야말로 적수가 없을 정도로 강해질 것이다.

'특히 용광검. 천신의 무구를 모아야 한다.'

용광검은 그 자체로도 태초급이긴 하나 세트로 묶여 있는 것이기도 했다.

세트 무구는 따로 사용할 때마다 모든 세트가 모일 시 그 위력이 배는 상승한다.

다시 한 번 깨달음이 찾아오지 않는 이상 단숨에 무력을 상승시킬 수 있는 방법은 천신의 무구, 용광검의 세트를 찾아내는 일이었다.

그 모든 무구를 얻을 수 있는 방법은 이미 머릿속에 주입되어 있는 상태.

남은 것은 이를 얻기 위해 발 벗고 뛰어 다니는 일이었다.

'하지만 그 전에…….'

물론 그 전에 해야 할 일이 있다.

열쇠지기를 소환할 수 있는 모든 조건과 재료를 모아야만 하는 것.

지금 그 조건을 달성할 수 있는 단서를 쥔 녀석이 캄란 성에 남아 있다.

콰앙!

쉬는 동안 기력을 충분히 회복한 정훈이 지면을 박찼다.

그 순간 그의 육신은 공간을 훌쩍 뛰어넘어 멀찍이 떨어져 있는 캄란 성을 향해 다가가고 있었다.

캄란 성 전투는 꽤 싱겁게 끝을 맺었다.

그럴 수밖에 없는 게 전략이나 전력 그 어느 부분에서도 모드레드의 반군은 카멜롯, 아니, 신살을 앞서지 못했다.

비장의 카드로 준비한 신마는 도리어 아군에게 피해를 줬으면 줬지, 전세의 어떠한 영향도 주지 못한 채 허무한 죽음을 맞이했다.

항복을 할 바에는 죽음을 선택하겠다는 모드레드를 만류한 건 정훈이었다.

사실 만류라기보다는 강제로 살려 둔 것이지만.

열쇠지기를 소환할 수 있는 조건 중 하나가 모드레드와 모르가나를 살리는 것.

정확하게는 모드레드를 원탁의 기사로, 모르가나를 멀린을 대신할 궁정마법사로 만드는 일이었다.

처음에는 절대로 그러지 않겠다고 저항하던 모드레드는 정훈의 무한한 경지를 접하곤 무릎을 꿇었다.

모르가나야 모드레드의 뜻을 따랐기에 두 사람을 다시 카멜롯의 일원으로 받아들일 수 있었다.

불륜을 저지른 랜슬롯과 귀네비어를 왕과 왕비로, 반역을 일으켜 쫓겨난 모드레드와 모르가나를 원탁의 기사와 궁정마법사로.

절대로 일어날 수 없는 이 일은 바로 열쇠지기를 소환할 수 있는 특별한 조건 두 가지였다.

하지만 조건을 달성했다 해서 모든 게 끝나는 게 아니다.

조건과 함께 특별한 재료가 필요했다.

아서 왕의 상징이자 카멜롯의 왕위를 상징하는 성검 엑스칼리버.

귀네비어의 주술력이 집약된 왕가의 귀걸이.

멀린의 수련 시절을 함께한 박달나무 재질의 원소의 지팡이.

본래는 아서 왕에게 치명상을 가한 배덕의 검, 클라렌트.

모르가나가 마녀라 불릴 수밖에 없었던 보구, 천리안의 수정구.

8개 중 5개를 모았다.

나머지 3개의 행방 또한 머릿속에 입력되어 있기에 찾기만 하면 된다.

다만 문제라 한다면 그것을 얻으려면 꽤 긴 과정을 거쳐야만 한다는 것이다.

그래선 안 된다.

관리자이자 열쇠지기를 소환하려면 반드시 30일 안에 모든 조건과 재료를 갖춰야 하기 때문이다.

현재 소요된 시일은 7일.

앞으로 23일 안에 그 재료를 모두 모아야만 하는데, 차근히 진행했다간 일을 그르치고 만다.

당연히 정훈은 차근히 일을 진행하고픈 마음이 하나도 없었다.

어떻게든 반드시 임무를 완수한다.

그리 마음먹은 그의 신형이 빠른 속도로 남쪽을 향해 나아가고 있었다.

안정을 찾아가는 카멜롯을 내버려 둔 채 정훈이 당도한 곳은 작은 성이 보이는 언덕이었다.

카멜롯과 비교하면 새 발의 피라 생각될 정도의 고즈넉한 성.

드디어 목적한 곳을 찾은 그가 발을 튕겼다.

한 마리 비조가 되어 성 위를 날아간 그는 멀쩡히 경비를 서고 있는 모든 이들의 이목을 속인 채 내성으로 들어갈 수 있었다.

"합!"

야무진 기합 소리가 들려왔다.

"잘하셨습니다, 왕자님. 역시 검에 대한 재능을 천부적이십니다."

어딜 봐도 아부하는 듯한 사내의 목소리는 공교롭게도 목표로 했던 이의 위치를 알려 주는 것이었다.

팟!

순식간에 정훈의 육신이 그곳에서 사라졌다.

흐릿한 사물이 마침내 정상적으로 돌아왔을 때 그의 눈에 비친 것은 내성에 마련된 작은 정원이었다.

오른쪽에 마련된 작은 연무장엔 이제야 갓 어린아이 티를 벗은 청년이 있었다.

칠흑을 품은 검은 머리칼과 선해 보이는 인상, 조금 마른 듯한 체격의 청년은 노년으로 보이는 기사의 지도하에 열심히 수련을 하는 중이었다.

'갤러해드가 확실하군.'

머릿속에 입력된 인상착의와 똑같다.

그는 아직 그의 존재를 눈치채지 못한 두 사람을 향해 걸어갔다.

"웬 놈이냐!"

스릉.

검을 빼든 노기사가 재빨리 갤러해드의 앞을 가로막았다.

"경계할 필요 없다. 갤러해드를 정해진 자리에 앉히기 위해 온 사자使者니까."

"감히 여기가 어디라고!"

하지만 노기사는 그 말을 새겨듣지 않았다.

성에서 한 번도 보지 못한 얼굴.

게다가 노리는 건 왕자인 갤러해드임을 짐작하곤 벼락과도 같이 검을 휘둘렀다.

노년의 기사라곤 하지만 그 기세가 제법 매섭다.

무려 초에 이른 능력치를 지닌 존재였으니 그럴 만도 하다.

파창!

하지만 정훈 앞에선 무의미한 능력. 가볍게 주먹을 내질러 노기사의 검을 부러뜨렸다.

"이, 이런!"

가볍게 내지른 주먹에 검이 두 동강 났다.

그 실력은 의심할 나위가 없는 것이었다.

"왕자님, 위험한 자입니다. 어서 도망가십시오. 소신이 잠깐 동안의 시간을……. 컥!"

혼자서 영화를 찍어 대는 노기사의 뒷목을 쳐 쓰러뜨린 정훈이 갤러헤드에게 손을 뻗었다.

"이놈, 감히 크라온 경을!"

차원이 다른 실력을 봤음에도 당돌하게 덤벼들었다.

물론 그건 아주 찰나에 불과한 발악이었다.

쇄도하는 수련용 목검을 부러뜨린 후 안아들었다.

"얌전히 있어. 해를 가하려는 게 아니니."

"이 악적 놈, 날 놔라, 놓으란 말이다!"

팔다리를 마구잡이로 버둥거리는 그를 안아 든 채 기감을 확장했다.

그 영역은 단순히 기를 감지하는 것이 아니라 포착되는 모든 것의 위치와 생김새 등을 판별할 수 있을 정도였다.

마치 천리안으로 보는 것처럼 생생히 주변의 공간을 엿볼 수 있었다.

'찾았다!'

다음 목표를 발견한 정훈이 허공으로 솟구쳤다.

콰콰쾅!

돌아가는 일은 없었다.

정훈은 성의 천장을 뚫고 계속 위로 올라갔다.

"으아아!"

품에 안긴 갤러해드가 비명을 질렀으나 알게 뭔가.

그저 목표를 향해 달려갈 뿐이었다.

잠시 동안 성 위로 솟구쳐 올라가던 그가 정훈은 붉은 카펫이 깔린 알현실에서 멈췄다.

"으헉!"

"이, 이게 무슨 소란이냐?"

놀란 대신들이 경악하며 물러났다.

그들의 놀람과는 상관없이 정훈의 강렬한 안광이 정면을 향했다.

화려한 왕좌에는 나이 든 왕이, 그리고 그 왼편에는 붉은색의 화려한 드레스를 입은 공주가 자리해 있었다.

세월의 흐름으로 잔주름이 새겨져 있으나 여전히 그 아름다운 미모를 가리진 못했다.

'엘레인.'

귀찮게 이곳을 찾은 건 그녀를 만나기 위해서였다.

"어, 어머니!"

엘레인을 확인한 갤러해드가 비명을 지르듯 외쳤다.

하지만 괴한이 침입했음에도, 게다가 아들인 갤러해드가 잡혀 있음에도 엘레인의 표정엔 그리 큰 변화가 없었다.

그저 담담한 눈길로 정훈을 응시했다.

"소란 떨 것 없습니다."

청아한 음성이 장내에 울려 퍼졌다.

당황을 금치 못하던 왕과 대신들이 그 음성에 평온을 찾아갔다.

노래하는 자, 엘레인.

그녀의 음성엔 마력이 깃들어 있어 사람의 마음을 조종할 수 있다.

하지만 정훈의 관심사는 그녀의 능력이 아니었다.

"갤러해드를 데려가겠다."

곧장 본론을 꺼냈다.

밑도 끝도 없는 그 말에 엘레인의 눈동자가 잠깐 흔들렸으나 그건 순간에 불과했다.

"귀한 손님이 찾아오셨군요. 하지만 갤러해드는 위대한 운명을 짊어진 아이. 아무에게나 내어 줄 순 없습니다."

"알고 있다. 증명을 원한다면 그렇게 하겠다. 뭘 원하지?"

이미 알고 있지만, 대화를 이끌어 내기 위해 질문을 던졌다.

"첫 번째. 동쪽의 사악한 용을 죽여야 합니다."

"에슈트라를 말하는 건가?"

"네. 사악한 용을 처치해 당신의 용맹함과 선함을 증명……."

하지만 엘레인은 차마 말을 잇지 못했다.

매섭게 동쪽을 노려본 정훈이 용광검을 내리그었다.

분명 아무런 변화도 없었다.

하지만 그 순간 그녀는 동쪽을 지배하던 검은 힘이 사라졌음을 느낄 수 있었다.

"됐다. 다음 조건은?"

"……."

순간 말문이 막힌 그녀가 정훈을 멀뚱히 응시하기만 했다.

"두 번 말하지 않겠다. 다음 조건은?"

"아, 네. 엄청난 실력을 가지신 분이었군요. 동쪽의 용을 처치하는 것으로 당신의 용맹함과 선함을 증명하였습니다. 두 번째 조건은 갤러해드에게 어울리는 무구를 찾아오는 것입니다. 이 아이는 제 자식이기도 하지만 위대한 운명을 짊어져야만 하기에 그에 합당한 무구가 있어야만 움직일……."

터터텅.

무언가 바닥을 굴렀다.

그것은 정훈의 보관함에 있던 태고급의 무구였다.

"조건에 충족되는지 살펴봐라."

지금까지 표정의 변화를 보이지 않던 엘레인의 동공이 확장되었다.

언뜻 보기에도 놀랄 만한 무구가 바닥을 구르고 있었다.

기준의 충족이 문제가 아니라 어디서 이런 무구를 얻었는지 묻고 싶을 정도로 대단한 것뿐이었다.

"이, 이것을 이 아이에게……."

"주는 게 맞다. 다시 뺏어 가는 일은 없을 테니 걱정하지 마라."

물론 시나리오가 끝나게 되면 회수할 테지만, 어차피 시나리오의 종료는 이 세계의 파멸을 의미하므로 상관없는 일이었다.

"그렇군요. 알겠습니다. 이 정도라면 갤러해드의 운명에 어울리는 무구라 단언할 수 있습니다. 그럼 마지막 세 번째 조건을 말씀해 드리죠. 세 번째 조건은 갤러해드를 위대한 운명을 짊어질 수 있도록 성장시켜 달라는 겁니다."

사실 가장 어려운 미션이나 다름없었다.

현재 갤러해드의 수준이라고 해 봐야 고작 존의 능력치를 지닌 애송이 중에 애송이다.

7막에서 한가락 한다는 주민들이 대부분 화의 경지에 이른 것을 봤을 때 그 수준이 너무도 미비하다는 것을 알 수 있다.

이 허약하기 그지없는 녀석을 최소한 입신의 경지에 이를 수 있도록 곁에서 도움을 줘야만 한다.

돌아가는 길 따위가 있을 턱이…….

'있지.'

그녀는 성장이라고 했지, 그 성장의 지속성에 관해서는 한마디도 하지 않았다.

정훈이 노리는 건 바로 그 빈틈이었다.

"꼬댁?"

정훈의 부름에 나타난 치느님이 고개를 갸웃해 보였다.

'녀석에게 가진 모든 버프를 걸어.'

의지를 전달하자 붉은 안광을 번뜩인 치느님이 날개를 푸드덕거리며 권능 발휘하기 시작했다.

갤러해드의 머리 위로 나풀나풀 깃털이 날리는 그 순간이었다.

"오오오오!"

넘치는 힘을 느낀 그가 환호성을 터뜨렸다.

20개가 넘는 버프가 녀석의 힘을 한계 이상으로 상승시켜 주었다.

그게 끝이 아니었다.

갤러해드의 입을 강제로 벌려 각종 물약을 들이부은 것이다.

"커허헉!"

보기엔 고문 같아 보이지만, 사실 지금 들이붓는 물약은 하나하나가 구하기 힘든 고대급의 물약들이었다.

거기에 마법 스크롤을 이용한 육체의 능력 향상까지.

"이거면 충분할 것 같은데?"

비록 지속성은 없으나 순간적으로는 입신의 경지에 도달했다.

이 같은 변화에 엘레인이 입을 쩍 벌렸다.

도무지 상식으로는 이해할 수 없는 상황이었기 때문이다.

도대체 더 닮은 뭐며, 저 귀하디귀한 물약과 스크롤을 어디서 구했단 말인가.

"추, 충분합니다."

얼이 빠진 그녀는 결국 승낙할 수밖에 없었다.

위대한 운명을 짊어질 아이에게 숱한 위기가 찾아올 것이 분명했다.

그렇기에 자식을 도울 조력자와 함께 기본 실력을 갖추기 전까진 내보낼 생각이 없었다.

하지만 정훈이라는 조력자는 그 모든 것을 한순간에 이루었다.

물론 조금 거친 방법이긴 했지만, 저만한 조력자를 찾는 건 불가능한 일일 것이다.

"현명한 선택이다."

이로써 갤러해드를 성 밖으로 빼낼 수 있는 승인을 얻었다.

엘레인의 허가가 없으면 강력한 구속력에 의해 성을 빠져나갈 수 없었던 처지의 갤러해드였다.

이 법칙은 정훈의 힘으로도 깰 수가 없는 것이었기에 그녀의 조건을 모두 충족시킬 수밖에 없었다.

정상적으로 진행했다면 100일이 지나도 하기 힘든 일을 고작 1분 만에 완료하는 기염을 토한 정훈이었다.

승인을 얻은 즉시 갤러해드를 안아 들곤 놀라운 속도로 이동을 시작했다.

　나머지 3개의 재료, 피의 십자 방패와 성배, 그리고 성자의 혼을 찾기 위해서.

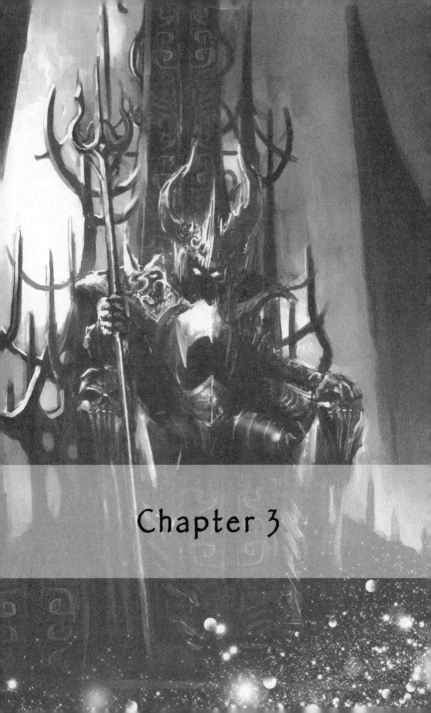

Chapter 3

어렵사리 갤러해드를 품에 넣은 정훈이 처음 행한 일은 그를 원탁의 기사의 일원으로 받아들이는 것이었다.

아니, 엘레인의 손에서 그를 빼낸 순간부터 그 자리는 이미 정해져 있었다.

아서 왕과 원탁의 기사들이 둥글게 둘러앉는 원탁에 15개의 좌석이 마련되어 있다.

이 중 14개의 자리엔 항상 주인이 앉아 있었으나 마지막한 자리만큼은 지금껏 그 누구도 앉지 못했다.

그것은 의자에 적힌 저주와 같은 문구 때문이다.

'만약 선택된 자가 아닌, 다른 누군가가 앉는다면 그는 죽음을 면치 못할 것이다.'

어느 순간부터 의자에 새겨져 있던 글귀였다.

하지만 고작 글귀가 두려워 사람을 앉히지 않을 순 없는 노릇.

이를 무시하고 몇몇 유능한 기사를 그 자리에 앉혔으나 모두가 피를 토하며 죽음에 이르게 되었다.

그제야 그것이 평범한 글귀가 아니라는 것을 깨달은 왕과 기사들은 마지막 열다섯 번째의 자리를 항상 남겨 둘 수밖에 없었다.

하지만 원탁을 찾은 정훈은 품에 안고 있었던 갤러해드를 망설이지 않고 그 열다섯 번째 자리에 앉혔다.

얼빵한 표정의 갤러해드를 본 기사들은 안타까운 젊은이가 죽음에 이를 수밖에 없다고 생각했으나 아무 변화도 일어나지 않았다.

오히려 저주처럼 새겨져 있던 글귀가 흐릿해져 가더니 사라지는 것이 아닌가.

그것이 나타내는 바는 하나.

결국, 마지막 열다섯 번째 자리의 주인은 바로 갤러해드라는 것이었다.

"드디어 마지막 기사가 정해졌구나!"

왕위에 앉은 랜슬롯을 비롯한 원탁의 기사 모두 사명을 깨달을 수 있었다.

그것은 정훈과 같은 입문자들도 마찬가지였다.

-추가 시나리오 감지했습니다.

-성배聖杯 탐색을 시작합니다.

모든 입문자들에게 전해지는 알림이 있었다.

> ### 퀘스트 : 성배 탐색
> **내용** : 마침내 마지막 원탁의 기사가 정해지고, 이제 모든 준비가 갖춰졌다. 위대한 운명을 짊어진 이를 통해 성배를 찾아라!
> **제한 시간** : 666일
> **성공 보상** : ???
> **실패 벌칙** : 종말의 악마 아마겟돈 강림

"감사합니다. 마침내 제가 짊어진 운명을 깨닫게 되었습니다."

당황해하던 조금 전과 달리 침착한 눈을 빛내고 있는 갤러해드가 상체를 숙여 감사를 표했다.

"여정은 이제부터가 시작이다."

"그분의 말이 맞다. 나의 아들아!"

두 사람의 대화에 끼어든 것은 랜슬롯이었다.

"아버지……."

비록 첫 만남이었지만, 두 사람은 느끼고 있었다.

랜슬롯은 갤러해드가 자신의 아들이며, 갤러해드는 랜슬롯이 자신의 아버지라는 것을 말이다.

하지만 감격에 겨운 포옹은 없었다.

이제야 사명을 깨달았고, 이제 그 성배 탐색이라는 그 위대한 여정을 시작해야 할 때였다.

"성배는 신이 우리에게 내려 준 구원의 잔. 만약 그것을 제한 시간 내에 찾지 못한다면 우리는 종말을 맞이하고 말 것이다."

모처럼 왕의 기운을 뽐낸 랜슬롯이 주변을 돌아보며 말했다.

모두가 그 위엄에 굴복하며 공손히 허리를 숙였으나 정훈만큼은 여전히 꼿꼿하게 허리를 편 채 서 있었다.

"자, 그럼 이 중 누가 갤러해드와 함께 성배 탐색에 나서겠는가."

잠시간의 정적 후 몸을 일으키는 이가 있었다.

"제가 그 여정을 돕겠습니다."

"저 또한 함께하겠습니다.

힘든 여정이 될 게 분명했다.

모두가 주저하고 있을 때 나선 건 원탁의 기사 둘, 바로 퍼시벌과 보어스였다.

원탁의 기사 중에서도 가장 나이가 많은 두 사람이 지원자로 나섰다.

두 눈은 정의로 빛났다.

그 눈을 어찌 거역할 수 있겠는가.

"그대들의 용기를 치하……."

막 두 사람을 공식적인 성배의 기사로 임명하려던 그 순간이었다.

"필요 없다."

덤덤한 음성이었다.

오직 이 자리에서 랜슬롯을 그리 대할 수 있는 건 정훈밖에 없었다.

랜슬롯의 앞을 가로막은 그는 오만하기 그지없는 자세로 선 채 주변을 훑었다.

"성배 탐색은 갤러해드와 나만으로 충분하다."

정훈의 전력이면 사실상 원탁의 기사, 아니, 카멜롯의 모든 전력을 넘어설 정도였다. 감히 그 누가 그의 말에 반박할 수 있겠는가.

"준형."

그 부름에 어딘가에서부터 바람처럼 달려온 준형이 명령을 기다렸다.

"내가 잠시 자리를 비운 동안은 준형과 모든 것을 상의해라. 그는 나를 대신할 사람이다."

"그리하겠습니다."

조금 전까지 위엄을 뽐내던 랜슬롯은 사라졌다.

정훈 앞에선 그는 왕도 그 무엇도 아니었다.

그저 명령을 따르는 충실한 개일 뿐이었다.

"시간 끌 필요는 없겠지. 가자."

운명을 깨달아 그 능력이 놀랍도록 성장했을 테지만, 정훈에 비하면 새 발의 피다.

　여전히 처음과 마찬가지로 그의 품에 안긴 채 떠나가는 그 얼굴이 조금은 처량해 보이는 건 단지 착각 때문만은 아닐 것이다.

　"뭐가 그리 급해서 이리 빠르게 가시는 겁니까?"

　카멜롯 성을 나와 말없이 달리길 30여 분.

　그 정적이 싫었던 갤러해드가 침묵을 깨고 말을 걸었다.

　"넌 모르겠지만, 난 다급해."

　지금도 시간은 흐르고 있다.

　물론 아직도 22일이란 시간이 남아 있었으나 만약을 대비해 여유 시간을 남겨 두는 게 정훈의 철칙이었다.

　어쩔 수 없이 지체되는 거면 모를까, 되도록 줄일 수 있는 모든 시간을 단축시킬 셈이었다.

　"조금 여유를 가지시는 게 어떻겠습니까. 그렇게 서두른다고 해 봐야 달라지는 건……."

　"많아. 네가 그 따위 생각을 지니고 있으니까 고작 그 정도에 머무르고 있는 거다."

　적어도 실력에 관해서만큼은 부정할 수 없는 사실이었다.

괜히 말을 꺼냈다가 본전도 못 찾은 갤러해드는 그대로 입을 다물 수밖에 없었다.

빛과 같은 정훈의 속도로도 한참을 내달렸다.

그렇게 나아가던 그의 걸음이 멈춘 건 오랜 세월 동안 그 자리를 지켰을 법한 오래된 신전 앞이었다.

수풀과 넝쿨이 신전 곳곳을 휘감아 돌고 있을 정도로 관리가 되지 않았으나, 어쩐지 그곳에서 새어 나오는 기운이 심상치 않았다.

"이런 강한 신기神氣라니. 도대체 이곳이 어디입니까?"

"반드시 네 녀석이 봉인을 풀어야 하는 곳."

"네? 그게 무슨 말씀이신지?"

"알 필요 없어. 다만 한 가지 알려 주자면 신전에 발을 들인 순간 강력한 적이 네 앞을 막게 될 거라는 거다."

곧장 치느님을 소환했다.

꼬끼오!

잠에서 깨어난 녀석은 아침을 알리는 수탉처럼 힘찬 목청을 뽑아냈다.

"시끄러. 밤이야."

그제야 아침이 아닌 밤인 것을 깨달은 치느님이 민망한지 날갯짓을 거듭했다.

"저 녀석의 능력이나 강화시켜 줘."

꼬댁!

치느님에게 있어서 정훈은 곧 부모였다.

짐승에겐 부모의 말은 곧 법과도 같은 것.

조금 전의 면박에도 아랑곳하지 않고 충실히 명을 이행했다.

파닥파닥.

일전에도 그 능력 강화를 경험한 덕분일까.

갤러해드는 그 힘을 아무렇지 않게 받아들였다.

"혼자 상대해야 하는 겁니까?"

신전 안에 적이 있다는 건 알았다.

하지만 지금 하는 것으로 봐선 혼자서 상대해야 하는 것 같기에 물었다.

"난 신전 안으로 들어갈 수 없다. 위대한 운명을 짊어진 네가 아니면 들어갈 수 없는 강력한 결계가 쳐져 있으니까."

강력한 결계라곤 하지만, 사실상 시스템으로 인한 제한이었다.

아무리 능력이 하늘에 닿은 정훈이라 해도 시스템을 파괴하는 건 불가능했다.

그렇기에 이번 결전은 오직 갤러해드의 손에 맡길 수밖에 없었다.

"그리고 이것도."

손에 쥐어 준 것은 각종 물약과 강화 스크롤이었다.

처음과 같이 강제하는 일은 없었다.

그래도 함께 일을 해야 하는 처진데 그런 사소한 행동으로 반감을 살 순 없었기 때문이다.

"상당히 강력한 적인가 보군요."

"지금 네 능력으로는 힘들지."

원탁의 기사가 되면서 갤러해드는 초의 능력을 지니게 된 기사가 되었다.

하지만 그것만으론 한참이나 부족하다.

정상적인 성장을 통해 그 자리에 앉았다면 다른 기사들과 마찬가지로 입신의 능력까지 닿을 수 있었겠지만, 정훈의 꼼수로 인해 그것은 불가능했다.

신전 안에는 정상적으로 단련이 되었어도 힘든 적이 기다리고 있다.

치느님의 능력 강화와 물약, 강화 스크롤의 힘이 없다면 절대 이길 수 없는 적이었다.

꿀꺽꿀꺽.

심상치 않은 기운을 느낀 갤러해드 또한 군말 없이 물약과 스크롤을 써 가며 자신의 능력을 강화시켰다.

비록 경지가 미천해 강화된 본인의 힘을 제대로 다루진 못할 테지만, 그래도 저 정도면 승산은 있을 것이다.

"들어가면 붉은 십자가가 그려진 은색 방패가 있을 테니 그것을 집어라. 그러면 네가 상대해야 할 적이 나타나게 될 거다."

"알겠습니다. 그럼."

"명심해. 최선을 다해라. 지금 네 능력으로 진다는 건 있을 수 없는 일이다."

적당히 긴장을 유지시켜 줌과 동시에 자신감도 심어 주는 한마디였다.

고개를 끄덕인 갤러해드가 정훈에게서 받은 무구를 힘껏 움켜쥐며 신전 안으로 진입했다.

비록 신전 안으로 들어가진 못하지만 기둥들의 틈새 사이로 갤러해드의 모습을 확인할 수 있었다.

긴장한 모습으로 신전으로 진입한 그는 긴장한 듯 고개를 사방으로 돌려 가며 경계를 게을리하지 않았다.

'멍청한 놈, 방패를 집어야 적이 나타난다고 일러 줬는데.'

하지만 차마 소리칠 순 없었다.

괜히 반감을 사서 무슨 돌발행동을 할지 알 수 없기 때문이다.

목적에 의해 창조된 그들에게도 감정이라는 게 있다.

괜한 일로 일을 그르칠 순 없는 일.

그냥 인내하면서 지켜보는 수밖에 없었다.

한참 동안이나 사방을 경계하며 앞으로 나아가던 갤러해드는 마침내 여신상의 손에 놓인 방패를 발견하게 되었다.

"이걸 집으면 되는 겁니까?"

"그래. 조심해. 방패를 집는 순간 강력한 적이 나타날 테니."

"명심하겠습니다."

긴장을 풀기 위함일까.

그 자리에 서서 한동안 호흡을 가다듬던 갤러해드는 마침내 결심을 한 듯 방패를 향해 손을 뻗었다.

–감히 누가 신성한 방패를 건드리는 것이냐!

우르릉!

강렬한 의지가 신전을 뒤흔들었다.

그와 함께 여신상의 입에서부터 내뿜어진 하얀 연기가 갤러해드의 발 앞에 모여들기 시작했다.

찰나의 순간 뭉쳐진 흰 연기는 고결한 백색 갑옷을 입은 목 없는 기사의 형체를 만들었다.

–신성한 방패를 건드린 자에겐 죽음만이 있을 뿐이다.

모습을 드러낸 목 없는 기사 듀라한은 손에 쥔 창을 쾌속하게 찔렀다.

"읏!"

그 기괴한 현상에 놀라는 것도 잠시.

이미 정훈을 통해 무슨 일이 있을지 주의를 받았던 갤러해드는 신속하게 반응할 수 있었다.

창을 옆으로 흘려 내며 손에 쥔 그람을 수직으로 베었다.

카캉.

벼락과도 같이 떨어진 일격이었으나 듀라한 또한 만만치

않았다.

숨 쉴 틈 없는 공방전이 계속 이어졌다.

'생각보다 더 허약한데?'

그 광경을 바라보는 정훈은 초조함을 감출 수 없었다.

분명 갤러해드의 능력은 눈앞에 나타난 듀라한을 능가한다.

제대로만 사용한다면 압도할 수 있을 만큼의 능력이었으나 그것을 제대로 활용하지 못했다.

마치 어린아이에게 성인 이상의 힘을 준 것과 다를 바 없는 광경이었다.

압도해도 모자를 판에 오히려 조금씩 밀리고 있는 것을 확인한 순간 저도 모르게 탄식을 내뱉을 수밖에 없었다.

구구궁!

분노한 의지는 곧 기세를 발산시켰다.

의지와 육신이 연결되어 있는 만큼 그 유형화된 기세는 신전을 진동하게 할 정도였다. 아니, 신전뿐만 아니라 대지가 고통을 이기지 못해 흔들렸다.

ㅡ이, 이 기운은?

그 엄청난 기세에 듀라한의 의지가 꺾였다.

그리고 그건 생각하지도 못한 변화를 불러왔다.

천지를 가득 메우는 기세에 놀란 듀라한이 몸을 떨었다.

그것은 지금껏 한 번도 느껴 본 적 없는 자신의 존재를, 그야말로 짓눌러 버리는 강렬한 기운이었다.

"합!"

그 빈틈을 놓칠 갤러해드가 아니었다.

연신 밀리기만 하던 그는 찰나의 빈틈을 발견하곤 몸이 이끄는 대로 그람을 쑤셔 넣었다.

파칵!

분명 몸을 찔렀는데, 갑옷을 뚫은 저항감을 제외하면 아무것도 느껴지는 게 없었다.

놀란 갤러해드가 그람을 회수하며 눈을 동그랗게 떴다.

하지만 듀라한은 그의 공격에 전혀 신경을 쓰지 않았다.

저벅저벅.

빠르지도, 느리지도 않게 정훈을 향해 걸음을 옮긴다.

'이건 또 뭐지?'

그 현상은 정훈의 머릿속에 있는 게 아니었다.

듀라한, 백색의 기사가 노리는 건 오직 신전 안에 발을 들인 갤러해드여야만 했다.

하지만 지금 그는 자신을 향해 다가오는 중이었다.

게다가 더 믿을 수 없는 건 그의 다음 행동이었다.

털썩.

신전의 결계를 나와 정훈의 앞에 무릎을 꿇는다.

-당신을 기다리고 있었습니다, 준비된 자여.

"으음?"

자신도 모르게 의문 섞인 말을 내뱉고 말았다.

준비된 자는 자신이 아닌 갤러해드여야만 했다.

"저 녀석이 아니라 나라고?"

―그렇습니다. 당신이야말로 오랜 시간 동안 제가 기다려오신 분. 세상을 종말로부터 구원할 구원자입니다.

'이 대사는…….'

과연 예상은 빗나가지 않았다.

백의 기사의 마지막 말과 함께 알림이 귓가에 울렸던 것.

―추가 시나리오를 감지했습니다.

―종말을 막는 자를 시작합니다.

퀘스트 : 종말을 막는 자

내용 : 브리트니아를 호시탐탐 노리는 차원의 악마로부터 이 세계를 구해야 한다. 불사의 권능을 지닌 이 악마를 소멸시키기 위해선 숭고한 자의 피를 성배에 가득 채워 온전한 소환을 이루어야만 한다.

제한 시간 : 없음

성공 보상 : 악惡의 부적

실패 벌칙 : 세계의 종말

'악의 부적!'

다른 무엇보다 성공 보상을 확인한 정훈의 눈이 번뜩였다.

그의 머릿속엔 이계에 존재하는 모든 아이템의 종류, 그리고 입수 경로가 들어 있었다. 아니, 그렇다고 생각하고 있었는데, 악의 부적이란 단어를 보는 순간 생각을 달리할 수밖에 없었다.

그의 머릿속 어디에도 악의 부적이란 아이템에 관한 정보가 없었다.

'변덕쟁이 창조주가 또 무슨 장난을 쳐 놓은 모양이로군.'

결국, 생각할 수 있는 건 위대한 계획에 없는 숨겨진 시스템이었다.

위대한 계획에 기록되어 있지 않은 시스템을 만들 자는 창조주밖에 존재하지 않으니 당연히 그의 소행으로밖에 생각할 수가 없었다.

'숨겨진 시스템이라…….'

고민할 수밖에 없었다.

어딜 봐도 이건 모험이다.

정상적인 시나리오라면 모를까, 창조주에 의해 독단적으로 만들어진 것이니 무슨 수작을 부려 놨을지 알 수 없기 때문이다.

'일단 당장은 할 필요가 없으니 애초의 목표부터 이뤄 놓고 고민해 봐야겠군.'

고민은 그리 길지 않았다.

어차피 부수적인 요소고, 아직 그에 대한 어떠한 정보도 없는 상태였다.

그렇기에 섣불리 움직일 수가 없다, 조금 더 고민을 해 보는 수밖에는.

"나를 인정하단 말이지?"

그의 오만한 시선은 무릎을 꿇은 백의 기사에게 향해 있었다.

—그렇습니다, 준비된 자여.

"그 말은 내가 녀석을 대신해 위대한 운명을 짊어진다는 건가?"

—그건 불가합니다. 준비된 자여, 당신을 인정한 것은 저의 사적인 영원. 그의 운명마저 바꿀 수는 없습니다.

갑작스럽게 생성된 추가 시나리오는 눈앞에 있는 듀라한의 염원을 이루는 것이었다.

그렇기에 신전으로의 입장은 가능하지만, 갤러해드가 지닌 위대한 운명의 자격마저 바뀌는 것은 아니었다.

"염원이라면 무엇을 말하는 거지?"

—저는 본디 브리트니아를 수호하는 자. 이 세계를 집어삼키려는 대재앙과 맞서 싸웠으나 힘이 부족하여 죽음을 맞이할 수밖에 없었습니다. 사후 성자에 의해 이런 몸으로 부활하긴 했으나 그것은 어디까지나 성자의 유지를 잇는 것. 저의 염원은 대재앙으로부터 이 세계를 구하는 것입니다. 지금도 차원 어디선가 브리트니아를 집어 삼킬 기회를 엿보고 있는 대재앙을 제거해 주십시오.

추가 시나리오의 설명 부분과 일맥상통하는 부분이다.

성자에 의해 부활한 몸이긴 하나 여전히 세계를 지키고자 하는 의지를 이어 가고자 하는 것.

그의 마음을 움직인 건 정훈의 무력이었다.

이 세상 그 무엇과도 비견할 수 없는 강력한 기세라면 대재앙을 막을 수도 있을 거라는 생각이 들었기 때문이다.

갤러해드의 속 터지는 행동이 불러일으킨 결과라 할 수 있을 것이다.

"당장은 힘들겠지만, 생각해 보도록 하지."

어차피 사적인 부탁이다. 그것을 들어주고 말고는 오직 정훈의 선택에 달려 있었다.

-부디 이 세계의 모든 이들의 염원을 외면하지 마시길 바랍니다.

마지막 말을 끝으로 백의 기사는 어떠한 의지도 전하지 않았다.

마치 죽은 것처럼, 석고상처럼 무릎을 꿇은 채 그 자리를 지킬 뿐이었다.

우선은 눈앞에 닥친 일을 해야 할 때.

정훈은 백의 기사를 지나쳐 곧장 신전 안으로 발걸음을 옮겼다.

'역시.'

시스템에 의해 제한된 벽의 저항 없이 신전 안으로 들어설 수 있었다.

본래는 그 어떠한 것으로도 제거할 수 없는 벽에 막혀 들어가지 못해야만 정상이었다.

하지만 백의 기사가 인정을 하게 되면서 그 시스템의 제한

이 없어진 것이다.

"고생했다. 방패를 이리 넘겨라."

감히 누구의 말이라고 거역하겠는가.

다시 한 번 정훈의 신위에 짓눌린 갤러해드가 공손한 자세로 피의 십자 방패를 건넸다.

'이것으로 6개.'

열쇠지기를 소환할 수 있는 6개째의 재료가 손에 들어왔다.

게다가 이것은 일곱 번째 재료인 성배를 찾는 추적 장치의 역할을 겸하기도 한다.

"성배로의 길을 비추어라."

주문과도 같은 말을 읊조린 후 방패의 각도를 조절해 달빛을 비추었다.

지이잉.

스스로 진동한 방패가 달빛을 머금더니 이내 그것을 반사했다.

레이저를 쏜 것처럼 일직선의 빛이 한 곳으로 쭉 뻗어 나갔다.

그것이 바로 일곱 번째 재료가 되는 성배의 위치.

정훈의 시선이 얼이 빠져 있는 갤러해드에게 향했다.

'혹시 어떻게 될지 모르니 당분간은 데리고 다니는 게 좋겠지.'

피의 십자 방패가 자신의 소유가 된 이상 갤러해드의 쓰임

새는 다했다고 봐도 무방하다.

하지만 앞으로 또 어떤 변수가 발생할지 모르니 일단은 동행을 할 생각이었다.

"가자."

짧게 한마디를 내뱉은 정훈이 갤러해드를 안아 들었다.

이제는 그것이 익숙한지 아무런 저항도 하지 않은 채 편안히 안기는 여유를 보여 주는 갤러해드였다.

두 사람의 신형이 한 줄기 선이 되어 신전을 벗어났다.

그들의 모습이 멀어질 때까지도 여전히 무릎을 꿇은 채 일어나지 않는 백의 기사만을 남긴 채 말이다.

　

사실 피의 십장 방패를 얻은 순간부터 성배는 얻어 놓은 것이나 진배없었다.

무작위로 정해지는 성배의 위치가 어렵지 그것을 지키는 수호자 따위는 정훈의 상대가 아니었던 것이다.

성배가 잠든 성자의 무덤.

강력한 능력과 권능을 지닌 성배의 수호 기사들은 정훈이 장난처럼 휘갈긴 검에 의해 두 동강이 나며 소멸하고 말았다.

모든 방해꾼이 사라졌다.

지금 정훈과 갤러해드 두 사람은 성자가 잠든 관을 목전에 두고 있는 상황이었다.

"신성한 기운이 느껴지는 관이로군요."

희미한 빛이 새어 나오는 십자 관을 바라보는 갤러해드가 중얼거렸다.

"지금은 그렇지. 하지만 이렇게 허락받지 않은 자가 관을 열면⋯⋯."

관을 향해 다가간 정훈이 곧장 관 뚜껑을 열었다.

"아, 안 돼!"

갤러해드가 소리쳤다.

성자의 관을 건드릴 수 있는 건 오직 선택을 받은 자, 그만 이 가능했다.

아무리 정훈이 백의 기사의 인정을 받았다 한들 그것은 사적인 염원을 들어주는 조건이지 그 운명이 바뀐 게 아니었던 것이다.

드드드드.

정훈의 손이 닿자마자 희미하게 관이 요란하게 들썩였다.

희미하게 새어 나오던 신성한 기운은 검은색의 탁한 기운으로 바뀌었고, 그곳에서 풍기는 건 노골적인 죽음의 음험함이었다.

"이, 이게 무슨 짓입니까!"

"무슨 짓이긴 성자를 분노케 한 거지."

갤러해드의 분노에도 전혀 아랑곳하지 않았다.

어차피 그는 갤러해드의 소원을 빌어 무사히 성배를 얻을 생각이 없었다.

성자의 관에 있는 성배와 함께 마지막 재료가 되는 성자의 혼을 얻기 위해선 반드시 성자의 노여움을 살 필요가 있었기 때문이다.

─허락받지 못한 자여, 그대들에게 심판을 내리겠노라!

무덤 안에 울리는 강력한 의지는 단순히 그 내용을 전달하는 목적이 아닌, 주변의 모든 것을 파괴하고 있었다.

"으으으."

그 엄청난 파동에 갤러해드마저 엎드린 채 코피를 쏟아냈다.

단순히 의지를 전했을 뿐이지만, 오장육부가 뒤흔들린다.

"이제 모든 게 끝났어……."

성자는 이 세계를 구원한 존재. 초월자의 반열에 오른 그 분노를 감당하는 것은 불가능한 일이었다.

"당신, 당신 때문에……!"

그것을 기다리지 못하고 관을 건드리다니.

이 얼마나 어리석은 일이란 말인가.

갤러해드의 비난에도 정훈은 묵묵부답이었다. 아니, 신경조차 쓰고 있지 않았다.

그의 시선은 오직 정면. 서서히 형체를 이뤄 가고 있는 하나의 존재를 향하고 있었다.

휘오오오.

무덤 속에 이는 광풍이 관에서 빠져 나온 검은 기운을 이리저리 움직이며 형체를 빚었다.

그리고 마침내 나타난 건 그림자를 연상케 하는 검은 인간의 형상.

바로 '성자의 분노'라는 네임드였다.

"소멸."

초월자의 언어는 곧 힘이다.

그것은 이른바 언령이라 불리는 태초의 권능.

그가 손을 휘젓자 검은 안개와 같은 기운이 주변으로 퍼져 나가며 모든 것을 소멸시켰다.

파사삭.

그 기운에 닿는 모든 건 무로 화했다.

"아아."

갤러해드는 그 광경을 멍하니 응시할 수밖에 없었다.

언령이라니.

초월자의 저 힘을 무슨 수로 감당한단 말인가.

"언령은 개뿔. 어린아이나 속아 넘어갈 속임수를."

그 기운을 정면으로 맞닥뜨린 정훈은 대놓고 코웃음 쳤다.

언령? 소멸?

그것은 다 눈속임에 불과했다.

단지 이건 눈속임일 뿐이다. 생각보다 강력한 기운인 건 인정하나, 그래 봐야 권능의 일종일 뿐이었다.

하지만 까다로운 권능인 건 분명하다.

저 넓게 퍼지는 기운은 물리, 마법, 그리고 어떠한 속성으로도 상대할 수 없는 종류의 것이었다.

심지어 모든 것을 파괴하는 혼돈의 기운도 마찬가지.

"하압!"

존재감. 위엄, 혹은 기세라 불리는 것.

정훈은 자신의 심력을 소모해 기세를 떨쳐 냈다.

단순히 기합성을 내지른 것으로 보이나 거기엔 지금까지 얻은 모든 심득이 담겨 있었다.

그 존재감은 성자라 불리며 많은 이들의 추앙을 받은 성자를 압도하는 것이었다.

적어도 브리트니아에서는 신격을 넘어선 것이나 다름없었다.

ㅡ무, 무엇이?

설마 자신의 언령을 파괴할 줄이야.

이 예상치 못한 일에 초월자에 근접한 성자마저도 경호성을 터뜨렸다.

"나약한 녀석들의 믿음이 없으면 아무런 힘도 못 쓰는 기생충 주제에."

세상의 모든 이들은 모르고 있으나 정훈은 알고 있었다, 성자, 세상을 구원한 존재라는 녀석이 사실은 모두를 속이고 있는 사기꾼이란 사실을.

본래 녀석은 의지를 가진 희미한 존재에 불과했다.

굳이 비유를 하자면 공기 중에 떠도는 미세한 먼지 정도랄까.

처음에는 그저 사람들의 이야기를 듣는 것에만 재미를 느꼈다.

하지만 그것도 오랜 세월이 지나자 자신의 의지를, 그 뜻을 전달하고픈 욕망이 생겼다.

-이야기를 들어 줘. 나는 이런 존재야.

당장 눈에 보이는 이들에게 속삭였다.

하지만 그 의지는 무척 희미했고, 누구도 그의 이야기를 들을 수 없었다.

억겁의 세월이 지났다.

그 시간 동안 의지는 커졌고, 마침내 자신의 이야기를 전해 줄 수가 있게 되었다.

누군가는 녀석을 악마, 그리고 또 다른 누군가는 신이라 불렀다.

보이지 않는 존재에 대한 어리석은 믿음은 녀석의 존재와 의지를 성장시키게 했다.

공기 중에 떠도는 작은 먼지와 같은 존재에 불과했던 그는 사람들의 믿음에 의해 점차 형체를 갖추었다.

성자라는 위대한 이름으로 말이다.

하지만 녀석은 사람들이 믿는 것처럼 구원자가 아니었다. 그저 믿음에 기생하며 힘을 키우는 기생충에 불과했다.

믿음을 얻기 위해 온갖 쇼를 벌였다.

죽은 영혼을 억지로 붙들어 소생시켰다고 착각하게 만든 것은 물론 다른 이의 생기를 갈취하여 병자들을 낫게 했다.

단지 그는 타인의 힘을 빌리는 매개체에 불과했다.

하지만 이 권능은 무지몽매한 사람들에겐 기적이라 할 만한 일이었다.

믿음을 더욱 커졌고, 성자를 가장한 녀석의 힘도 더욱 강해졌다.

그 힘의 크기가 초월자에 다다랐을 무렵, 녀석은 마지막 쇼를 준비했다.

바로 부활이었다.

믿음이 있는 한 영생을 살아갈 수 있음에도 일부러 죽은 척 연기하며 부활의 때를 기다렸다.

물론 적당한 단서는 남겨 뒀다.

권능을 발휘해 원탁에 문구를 새기고, 갤러해드라는 아이에게 적당한 능력을 주었다.

그 모든 게 자신의 화려한 부활을 알리기 위한 일종의 쇼였다.

죽음에서 부활하게 된다면 그들의 믿음은 더욱 공고해질 테고, 녀석은 초월자에 근접한 게 아닌 마침내 초월자가 될 수 있다고 여겼기 때문이다.

하지만 뜻밖의 방해꾼이 나타났다.

감히 자신의 권능을 소멸시킬 수 있는 논외의 존재.

녀석을 처리하지 않으면 초월자는커녕 여기서 소멸을 맞이할 수밖에 없으리라.

* * *

─무엄하구나. 감히 이 몸에게 기생충이라니!

"틀린 말은 아닌 것 같은데. 지금이야 초월자 행세를 하고 있다만. 그리고 그 초월자 행세도 이러면 끝이지."

살짝 무시하듯 말했지만, 녀석의 권능은 사기라고 부를 수 있을 정도로 강력한 것이었다.

믿음을 통한 언령을 막을 수 있는 건 그것을 능가하는 존재감을 통해서다.

아무리 정훈이 대단한 존재감을 지니고 있다지만, 그것을 유형화해 방출하는 건 힘든 일이었다.

그렇기에 녀석을 묶을 수 있는 수를 썼다.

용광검에서 흘러나온 연녹색의 기운이 주변을 감쌌다.

바람의 장막. 영향권 내에 있는 공간을 외부로부터 완전히 차단시키는 것이다.

-이, 이건?

조금 전까지만 해도 놀라울 정도의 존재감을 뿜어내던 자칭 성자의 존재가 미약해져 갔다. 아니, 이미 그 존재는 갤러해드보다 못한 지경에 이르고 있었다.

"외부로부터의 모든 것을 차단하는 감옥인데, 어때? 내 선물이 마음에 드나?"

녀석이 성자로서 존재할 수 있는 건 사람들의 믿음이 있기에 가능한 일이었다.

하지만 믿음이 닿지 않는 공간에 녀석을 가두어 버린다면 어떻게 될까?

어떻게 될 것도 없다.

처음 공기 중의 먼지와 같았던 때의 미약한 의지로 돌아가는 것이다.

아직까지 의구심을 품고 있는 갤러해드만 아니라면 말이다.

"저것이 녀석의 진정한 정체다. 믿음에 기생해 힘을 키우는, 어떻게 보면 사기꾼이라고 볼 수 있겠지."

-아니, 아니다! 나는 성자, 브리트니아의 위대한 초월자란 말이다!

분노한 성자가 발악하듯 기운을 방출했지만, 조금 전과는 비교도할 수 없이 미약한 수준이었다.

정훈은 손짓 한 번으로 그것을 소멸했다.

"맙소사. 내, 내가 믿고 있었던 신이 고작 이런 존재였다니……!"

그 광경을 확인하고 나서야 비로소 개안할 수 있었다.

신이라면 그저 의지를 품는 것만으로도 사람을 죽이고 살릴 수 있어야 하건만 눈앞의 존재는 그렇지 못했다. 아니, 죽이기는커녕 오히려 간단한 손짓에 권능마저 소멸당하지 않았는가.

신이란 존재에 대해 의문을 품는 순간 녀석을 지탱하던 모든 믿음은 끊어졌다.

-안 돼!

존재가 사라졌다. 아니, 처음의 먼지만 한 존재로 돌아갔을 뿐이다.

퐁!

미리 준비해 둔 작은 유리병의 마개를 딴 정훈이 그 존재를 병 속에 넣었다.

아주 미약한 존재가 병 속에 갇힌 채 발악하고 있다.

한때는 성자라 불리며 초월자에 근접한 힘을 지녔던 존재는, 이제 이 유리병마저도 깰 수 없는 상태가 된 것이다.

그 믿음이 닿지 않도록 별도의 아공간인 보관함에 집어넣었다.

이것이 바로 일곱 번째 재료인 성자의 혼이다. 그리고 마지막 재료 또한 바로 눈앞에 있다.

열린 관 안에는 찬란한 황금빛을 발산하고 있는 잔, 성배가 놓여 있었다.

성배. 성스러운 단어가 들어갔으나 사실 이것은 수십만의 인간을 희생시켜 만든 것이었다.

망설임 없이 집어 들었다.

이것으로 열쇠지기를 소환할 수 있는 8개의 모든 재료를 모두 모았다.

─성배 탐색을 완료했습니다.
─추가 시나리오를 종료합니다.

비록 시스템이 정해 놓은 방향은 아니었으나, 어쨌든 성배를 획득하면서 추가 시나리오를 완료할 수 있었다.

각종 언령과 보상을 획득했다는 알림이 귓가에 파고들었다.

다른 입문자들의 입장에선 대단한 보상일지 모르나 정훈에게는 변변치 않은 것들 뿐이었다.

현재 그의 수준은 정해 놓은 루트의 시나리오를 해결해서 얻을 수 있는 보상으론 그 목마름을 채울 수 없었다.

'숨겨진 시나리오라면 다를까?'

성배와 갤러해드를 번갈아 응시하던 정훈은 숨겨진 시나리오에 대한 것을 떠올렸다.

보상은 명확하다.

악의 부적.

이것은 오르비스의 정보에도 없던 특별한 아이템이었다.

하지만 곧장 상념을 떨쳐냈다.

숨겨진 시나리오는 나중 일이다.

어떤 변수가 생길지 알 수 없으니 우선은 눈앞에 놓인 목표를 해결해야만 했다.

"가자."

성자의 정체에 넋을 놓은 갤러해드를 안고 몸을 튕겼다.

목적지는 카멜롯 성. 정확히는 원탁이 있는 곳이었다.

◈◈◈

"성자가 아니라 사기꾼이었단 말인가……."

카멜롯으로 돌아온 정훈과 갤러해드를 성대하게 반긴 사람들은 곧이어 밝혀진 사실에 경악할 수밖에 없었다.

여태껏 위대한 존재, 초월자, 신의 사자로 여겼던 성자가 사실은 믿음에 기생하던 기생충, 게다가 지금껏 숱한 이들의 목숨을 앗아간 희대의 살인마였다니.

'이제는 이곳에 나타난다 해도 그 힘을 발휘하진 못하겠군.'

카멜롯의 모든 사람들이 진실을 알아 버렸다. 그렇다는 건 녀석이 모든 권능을 상실했음을 의미하는 것이었다.

실의에 빠진 사람들을 훑어보던 정훈은 곧장 발걸음을 옮겼다.

　그런 그가 향한 곳은 원탁의 회의실이 있는 방이었다.

　덜컥.

　문을 열자 회의실에 착석해 있는 준형과 신살의 간부들을 확인할 수 있었다.

　"전부 모였습니다."

　준형의 보고에 간단히 고개를 끄덕인 정훈은 지금까지 얻은 8개의 재료를 모두 원탁에 쏟아냈다.

　"두 번 설명하지 않을 테니 잘 들어. 이제 곧 너희들의 상상을 초월할 강력한 적이 나타난다. 너희들이 해야 할 일은 적에게 이 성을 빼앗기지 않는 것 하나다."

　"공성전을 치러야 하는군요. 그런데 정훈 님은 성을 지키지 않는 겁니까?"

　거리낌 없이 묻는 건 준형이었다.

　사실 정훈에게 자유로이 말을 붙일 수 있는 존재는 그가 유일했다.

　어찌 보면 신살의 구성원들과 정훈의 대화 창구 역할을 하는 존재라 볼 수 있을 것이다.

　"나는 따로 해야 할 일이 있기 때문에 성에 붙어 있을 수가 없다. 그러니 수성을 해야 하는 건 온전히 너희들의 몫이다."

　"그렇군요. 그럼 적은 어떤 종류입니까? 사용하는 능력과 같은 세세한 정보가 있으면 상대하기에 편할 것 같습니다만……."

"물론 말해 주지."

정훈은 자신이 알고 있는 정보의 보따리를 풀어 놓았다.

마치 그것을 겪은 것처럼 상세한 설명에, 처음 그와 작전을 같이 하는 이들은 어안이 벙벙한 모습이었다.

"도대체 그런 정보를 어디서 알게 됐습니까?"

궁금할 수밖에 없다.

다른 건 몰라도 아무것도 모른 채 이계로 끌려온 건 모두가 동등한 조건이지 않은가.

그런데 그는 어떻게 이러한 사실을 모두 알고 있는지 의아할 수밖에 없었다.

"뭐, 어쩌다 보니."

빌어먹을 신의 장난질에 관해서는 언젠가 밝힐 테지만, 그게 지금은 아니었다.

이 무거운 짐을 아직은 나눌 때가 되지 않았다.

그저 지금 이 순간을 넘기기 위한 말에도 아무도 불평을 내색할 순 없었다.

이곳에서 그의 말은 곧 법이었으니 말이다.

"대충 설명은 다 한 것 같은데. 추가로 궁금한 게 있나?"

"……."

주변 눈치를 볼 뿐 그 누구도 입을 열지 않았다.

"없는 것 같군. 그럼 이제 시작할 테니 모두 정해진 위치로 이동해라."

"자자, 움직여 봅시다."

정훈의 말이 끝남과 동시에 준형이 나서서 지시를 내리기 시작했다.

그 움직임에 군더더기가 없고 일사불란하다.

'한 번 단단히 잡았군.'

원탁의 기사 선발전을 통해 끌어들인 이들이 군말 없이 움직이고 있다.

처음 그들을 데려왔을 때만 해도 불만이 대단했다.

그것은 정훈이 아닌 준형을 향한 것이었다.

그럴 수밖에 없는 게 당시만 해도 준형의 무력은 그들에 비해 부족한 편이었다.

강자는 곧 모든 것인 세계에서 자기보다 약한 상관을 받아들일 수 없는 건 당연한 현상이었다.

이런 일이 있을 줄 알고 무극지도를 전해 주었다.

그리고 그것은 신살의 지휘체계를 더욱 공고히 다져 주는 역할을 했다.

그들이 움직이는 것을 물끄러미 바라보던 정훈은 이내 열쇠지기를 소환하기 위한 준비에 들어갔다.

펄럭.

원탁의 위를 덮고 있던 보를 걷어냈다.

지금껏 단 한 번도 걷은 적 없던 보 너머에는 특정한 모양으로 파인 홈이 있었다.

그 홈은 8개. 자세히 살펴보면 정훈이 가져온 재료의 모양과 일치했다.

정훈은 재료를 집어 모양이 일치하는 곳에 넣었다.

그렇게 8개의 모든 재료를 집어넣자…….

-금기를 어긴 어리석은 자들에게 심판을 행하리라!

일전의 동장군 때와 마찬가지로 천둥과도 같은 노한 의지가 전해졌다.

-분노한 관리자가 입문자들을 심판할 것을 선포합니다.

-강력한 권능을 지닌 관리자, 루시퍼에게서 살아남으십시오.

-생존에 성공할 경우 활약도에 따라 굉장한 보상을 얻을 수 있습니다.

그리고 7막의 관리자이자 해방의 열쇠 파편을 지닌 루시퍼가 자신의 등장을 알렸다.

콰콰쾅!

성 밖 하늘에서 떨어진 유성우가 엄청난 폭발을 일으켰다.

주변 지형을 바꿀 정도의 어마어마한 충격을 일으킨 유성우와 함께 충격파가 주변을 휩쓸었다.

휘오오!

갑자기 불어닥친 광풍이 주변의 모든 흙먼지를 걷어 냈는데도 그곳에 유성우는 존재하지 않았다.

감히 쳐다볼 수 없는 눈부신 10쌍의 날개를 지닌 존재, 신성한 빛에 휘감긴 루시퍼가 카멜롯 성을 응시하며 손을 휘저었다.

파앙!

그러자 원탁의 홈에 끼어져 있던 8개의 재료가 빛의 줄기가 되어 사방으로 흩어졌다.

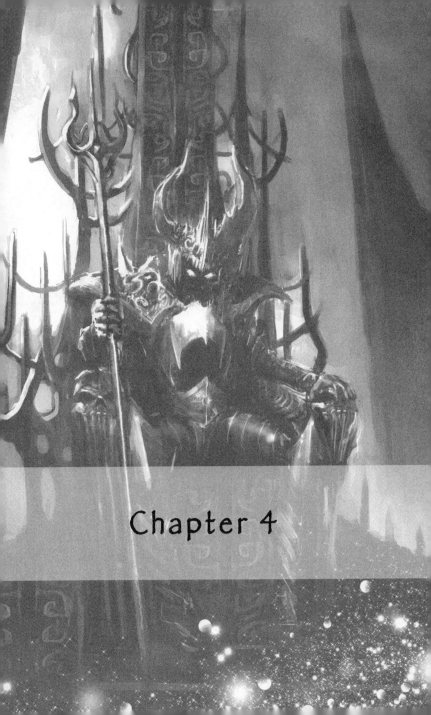

Chapter 4

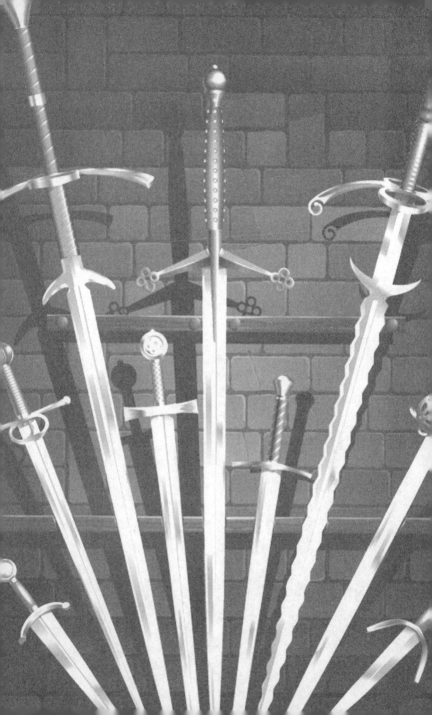

　루시퍼의 등장과 함께 재료가 튕겨져 나갈 것을 알고 있었다.

　하지만 제지할 수는 없다, 창조주의 힘이 개입된 시스템은 아직 그가 건드릴 수 있는 영역이 아니었기 때문에.

　파파파팟!

　높게 솟아 오른 8개 재료가 사방으로 흩어졌다.

　굳이 그 모습을 확인할 필요는 없다.

　어차피 머릿속에 그 모든 재료의 위치가 저장되어 있었다.

　이제부터 정훈이 해야 할 일은 사방으로 흩어진 재료를 다시 모으는 것이다.

　'녀석들이 버틸 때까지.'

현재 루시퍼는 흩어진 8개의 신기를 통해 힘을 비축하는 중이다.

제한된 시간은 200분.

이 시간이 지나 모든 힘을 모으게 된다면 그 누구도 감당할 수 없는 강력한 적이 탄생하게 된다.

그 힘은 아무리 정훈이라도 감당할 수 없는 수준이었다.

그렇기에 힘을 모두 모으기 전에 8개 신기를 다시 원탁에 가져다 놔야만 하는 것이다.

곧장 내성을 나와 성곽 위로 훌쩍 뛰어올랐다.

곳곳에 열을 맞춰 서 있는 신살을 둘러보던 중 준형과 눈을 마주쳤다.

준형이 말없이 고개를 끄덕였다.

믿음을 주는 그의 행동에 마찬가지로 고개를 끄덕인 정훈이 신형을 솟구쳤다.

쉬이익.

찰나의 순간, 점이 된 정훈은 곧장 성의 서쪽을 향해 나아갔다.

'정훈 님이야 알아서 잘하겠지.'

사라져 가는 모습을 물끄러미 응시하던 준형은 정훈에 대한 생각을 접었다.

지옥 구덩이에 데려다 놔도 생존할 수 있는 사람이다.

그에 대한 걱정은 사치 중에 사치. 걱정해야 하는 건 자신과 수성을 맡은 신살이었다.

분명 정훈이 정한 바로는 지금쯤 공격이 시작될 터였다.

─어리석구나. 너희의 저항이 얼마나 나약한지 깨닫게 해 주마. 하늘의 군대여. 신의 뜻을 거역하는 이들을 벌하라!

매섭게 성을 노려보고 있던 루시퍼가 손짓했다.

쿠아아아!

하늘에 구멍이 뚫리고 그곳에서부터 휘광에 감싸인 천사들이 활강을 시작했다.

하늘의 군대. 루시퍼의 명령으로 카멜롯 성을 노리는 그들과 맞서 싸워야만 한다.

"전투 준비!"

준형의 외침이 쩌렁하게 울려 퍼진다.

예전과는 비교할 수 없는 강렬한 기세는 아군에겐 용기를 적군에겐 사기의 저하를 일으키는 묘한 힘이 깃들어 있었다.

빛과 같은 속도로 달려간 정훈은 거대한 호수에 도착해서야 속도를 늦췄다. 에메랄드빛을 잔뜩 머금은 호수에는 어떠한 파문도 없이 고요한 모습을 유지하고 있었다.

잠시 그곳을 바라보던 정훈은 보관함에서 마법의 소라 고동을 꺼냈다.

뿌우우!

공기 방울이 생겨나 그의 몸을 감싸기 시작했다.

8개의 재료 중 하나가 이곳 요정의 호수에 잠들어 있기 때문이었다.

첨벙.

물방울 속에 감싸인 정훈이 곧장 몸을 던졌다.

수중에 들어갔지만, 마법의 소라 고동 덕분에 지상과 활동하는 게 별반 다르지 않다.

물을 가르며 깊숙이 더 깊숙이 아래로 내려갔다.

점차 어둠이 지배를 해 간다.

하지만 빛 한 점 들어오지 않는 심연 속에서도 정훈의 눈은 대낮처럼 주변을 바라볼 수 있었다.

끝도 없이 이어질 것만 같았던 깊이가 마침내 끝이 나고, 호수의 끝 바닥에 발이 닿는 순간 곧장 한 곳을 향해 나아갔다.

그곳 너머엔 호수 동굴이 있었다. 거대한 입구를 지나쳐 안쪽에 진입했다.

디리링.

그러자 물결을 타고 한 줄기 아름다운 선율이 울려 퍼졌다.

잘못 찾지 않았다.

목표가 있는 것이 확실하다는 것을 다시 한 번 확인하며 속도를 높였다.

─무례하군요. 이곳은 요정들의 심처. 인간의 출입을 불허합니다.

아련히 울려 퍼지는 음성은 마치 꿀처럼 달콤했다.

시선을 들어 정면을 응시한다.

동굴의 끝에는 하프를 튕기고 있는 아름다운 요정 셋이 있었다.

파란색, 녹색, 하늘색의 길다란 머리칼을 기른 요정은 세상의 모든 미를 한곳에 집중시켰다고 느낄 정도로 아름다웠다.

보통의 입문자라면 그 미색에 홀려 감히 그 경고를 거부하지 못했을 것이다.

하지만 정훈은 심력은 고작 미색에 홀릴 정도로 나약하지 않았다.

"받아 가야 할 게 있다. 그것만 내어 준다면 아무런 위해도 가하지 않겠다."

최대한 빠르게 목표를 이루어야 하는 만큼 서론을 넣는 일은 없었다.

"엑스칼리버를 가져가겠다."

정훈이 손가락으로 가리킨 곳, 파란색 머리칼을 지닌 요정이 손에 쥐고 있는 건 조금 전까지 원탁에 끼워져 있었던 엑스칼리버였다.

ㅡ허락할 수 없습니다. 이것은 본디 요정이 만든 것. 다시 인간의 손에 돌아가게 할 순 없습니다. 돌아가세요.

사실 엑스칼리버를 만든 건 바로 눈앞에 있는 세 명의 요정들이었다.

강력한 마력을 지닌 그녀들은 멀린의 사정에 의해 엑스칼리버를 만들어 주었으나, 이내 그것이 실수임을 깨닫고는 언젠가 다시 회수할 날만을 기다리고 있었다.

　그러던 차에 엑스칼리버가 호수로 돌아온 것이다. 때문에 두 번 다시는 인간의 손에 주지 않을 작정이었다.

　"줄 수 없다면 어쩔 수 없지. 무력을 동원하는 수밖에."

　본래는 더욱 사정해 요정들의 조건을 이끌어 내야만 했다.

　그녀들의 부탁을 들어주어 평화적으로 엑스칼리버를 인도받는 과정이 있었지만, 굳이 시간을 할애할 이유는 없다.

　정훈에겐 그 모든 것을 엎어 버릴 수 있는 강력한 힘이 있기 때문이었다.

　-무례한 인간 같으니!

　-역시 인간은 믿을 만한 종족이 아니군요.

　-당장 꺼져라. 이 이상 우리들의 화를 돋웠다간 영원한 안식을 선사해 줄 테니.

　"마음대로."

　어깨를 으쓱해 보인 정훈에게선 강자만의 여유로움이 가득 묻어 나오고 있었다.

　"크악!"

고통에 찬 비명이 연이어 터져 나온다.

쓰러지는 건 성곽을 수비하던 입문자, 신살에 소속된 이들이었다.

루시퍼가 소환한 하늘의 군대는 그 하나하나가 대단히 막강한 존재였다.

동장군 때처럼 특별한 면역 능력이 있지는 않았지만, 순수한 무력이 그 모든 것을 능가할 정도였다.

"하압!"

기합성을 터뜨린 준형의 주먹이 눈앞에 있던 천사의 복부를 꿰뚫었다.

강력한 일격에 추락하던 천사. 하지만 다음 순간 놀라운 광경이 벌어졌다.

펄럭.

추락하던 천사가 다시 날개를 펄럭이며 위로 솟구친 것이다.

조금 전의 상처는 마치 없었던 것처럼 아문 상태였다.

"돌겠네."

끝도 없이 부활하는 모습에 준형마저도 고개를 내저었다.

이 상황은 이미 정훈에게서 들어서 알고는 있었다.

하지만 막상 경험하게 되니 미치고 환장할 노릇이었다.

하늘의 군대는 죽어도 부활한다.

바로 성 아래서 막강한 기운을 풍겨 대고 있는 루시퍼에 의해서 말이다.

녀석의 손짓 한 번이면 죽음에 이른 천사가 되살아난다. 그렇다고 녀석들을 죽이는 게 마냥 헛일은 아니었다.

하늘의 군대를 부활시키는 만큼 축적되고 있는 루시퍼의 기운이 소진된다.

그 말은 녀석들을 많이 처치하면 처치할수록 루시퍼가 기운을 모으는 속도가 지연된다는 것이다.

정훈이 빨리 8개의 신기를 모으는 것도 중요하지만, 하늘의 군대를 죽이는 일도 중요하다.

그것을 알기에 준형은 멈추지 않았다.

무극지도武極之道 제구 초식 파천破天.

마침내 발현된 무극지도의 구 초식.

이와 때를 같이 하여 나머지 무극지도를 익힌 간부들도 각자의 초식을 펼쳤다.

쿠콰콰콰콰!

발휘되는 것만으로 그 파동이 어마어마했다.

영향권 내에 있던 보이는 모든 천사들의 육신이 찢기며 산산조각 나 사방으로 흩어졌다.

하지만 숨을 돌릴 틈이 없었다.

루시퍼의 손짓에 의해 다시 한 번 부활한 녀석들이 빛의 창을 꼬나 쥐며 공격해 들어왔기 때문이다.

"으윽!"

하지만 준형은 이를 악문 채 움직였다.

아군의 희생을 줄이고, 적군의 피해를 늘리기 위해선 그가 좀 더 움직여 줘야만 했다.

호수의 요정에겐 저마다의 능력이 있었다.

먼저 파란 머리칼의 요정은 그 눈부신 미모로 상대를 현혹시켜 정신을 지배한다.

두 번의 깨달음을 통해 하늘에 닿은 심지를 지닌 정훈에게는 어림도 없는 일.

-까약!

그녀의 마력은 정훈의 근처에 가기도 전에 깨어져 오히려 본인에게 막대한 피해를 주었다.

-언니!

분노한 녹색 머리칼의 요정이 손에 든 하프를 요란하게 튕기기 시작했다.

키이이잉!

듣기만 해도 기절할 것 같은 괴음이 울려 퍼졌다.

둘째인 그녀의 능력은 악기를 연주해 온갖 다양한 효과를 부여하는 것.

지금 그녀의 연주는 오직 파괴의 목적을 담고 있었다.

"하압!"

천둥과도 같은 그녀의 연주는 정훈이 내지른 기합성에 의해 소멸했다.

-죽어!

막내인 하늘색 머리칼 요정의 능력은 물을 지배하는 것.

지금 그녀는 정훈의 근처에 있는 물에 죽음의 의지를 불어넣었다.

그 순간, 주변 물이 검게 물들어 사해로 변했다.

그 영역에 있는 것이라면 무엇을 막론하고 죽을 수밖에 없을 것이다.

슈왁.

하지만 공격이 닿지 않으면 소용없는 일.

공간을 접어 순식간에 막내 요정을 간극에 넣은 정훈의 용광검이 주변을 난도질했다.

스팟.

정확히 세 번. 세 번 휘두른 그의 검은 막강한 마력을 지닌 호수의 요정 셋을 두 동강 내었다.

"일단 하나."

정훈은 바닥에 떨어진 엑스칼리버를 주워 들었다.

원하는 것을 얻었으나 이제 고작 하나다.

아직 찾아야 할 것이 7개나 더 남아 있었다.

'빨리 움직이자.'

아무리 준형이라도 하늘의 군대를 상대로 오랜 시간을 버틸 순 없다.

최대한 빠르게, 최소한의 피해를 위해선 그가 빨리 움직여야만 했다.

급박한 그의 심정이 드러나듯 호수 위를 향해 나아가는 속도는 이미 속도라고 붙일 만한 것이 아닌 영역이었다.

꽈작.

양손에 잡힌 천사의 머리통을 부숴 버렸다.

어차피 곧 부활할 테지만, 최대한 많이 죽여 놔야만 끔직한 사태를 막을 수 있는 것이다.

하지만 이런 그의 바람과는 달리 신살의 행동은 소극적으로 변하고 있었다.

어차피 죽어도 다시 부활하는 적을 맞아 공격이 아닌 수비의 형세를 취한 것.

나 하나쯤이야 하는 생각에서 비롯된 파장은 곧 새로운 변화를 이끌었다.

─오오, 하늘이 내게 더 강력한 힘을 부여하니. 하늘의 군대도 더욱 강화한다.

결코, 듣고 싶지 않았던 루시퍼의 외침이 귓가로 파고들었다.

'설마……?'

정훈이 경고했던 시간보다 이르다.

준형의 고개가 사방으로 돌아갔고, 곧 일어나는 변화를 확인할 수 있었다.

드드득.

본래 한 쌍이었던 천사들의 날개가 두 쌍으로 바뀌었다.

천사의 날개 숫자는 곧 힘을 의미하는 것.

루시퍼의 힘이 축적되면서 하늘의 군대의 첫 번째 변화가 시작된 것이다.

"크악!"

한층 강력해진 힘을 토대로 신살을 압박했다.

조금 전까지만 해도 그대로 대등하게 싸우던 이들이 천사들의 공격에 맥없이 죽어 나갔다.

준형이 보기에도 그 변화가 느껴질 만큼 한층 성장한 모습.

'제길. 너무 이르다!'

지금보다 족히 10분은 더 끌었어야만 했다.

정훈이 최소로 말한 게 그 시간인데, 최소 시간도 만족하지 못했다.

"개개인이 대적하지 마라. 뭉쳐서 싸워!"

이미 엎질러진 물. 처음 이야기했던 대로 진영을 변경하도록 지시했다.

"너, 너무 강해!"

"어떻게 상대하라고!"

하지만 한 번 무너진 진영은 좀처럼 복구가 되지 않았다.

짧은 순간 상당한 수가 죽음을 맞이했다.

'별수 없다.'

아직 사용하기엔 이르나 별다른 수가 없었다.

준형은 오른손을 높이 치켜든 채 외쳤다.

"마신의 권속들이여, 내 소환에 응하라!"

철두철미한 정훈은 언제나 만약의 상황에 대비해 비장의 한 수를 남겨 두곤 했다.

언제나 그렇듯 그의 가장 큰 불안 요소는 본인이 아닌 카멜롯 성에 남겨진 준형과 신살이었다.

혹시 생각만큼 일이 진척되지 않을 경우, 급속도로 무너질 경우에 대비해 준형에게 넘겨준 건 새로운 구성원이 포함된 72마신이었다.

압도적인 무력을 통해 굴복시킨 바 있는 이 강력한 마귀들을 준형에게 넘겨주어 만약의 일에 대비코자 한 것.

웬만하면 최후에서야 꺼내고 싶었으나 지금이 아니라면 그 기회마저도 사라지게 생겼다.

별수 없이 준형은 솔로몬의 반지에 봉인되어 있던 강력한 72 마신을 소환하기에 이르렀다.

쿠콰콰콰!

성곽 아래 생겨난 칠흑의 소용돌이 속에서 마신들이 모습을 드러냈다.

"우릴 부른 목적이 뭐냐, 인간."

1권좌의 주인인 바알이 물었다.

그런데 물어보는 모양새가 그리 호의적이지 않다.

애초에 그들은 마신.

인간들을 살육하며 희열을 느끼는 종족이었다.

만약 주인인 정훈의 명령이 아니었다면 소환에 응하지도 않았을 것이다.

"상황이 꽤 다급합니다. 우리와 함께 저들을 물리쳐 주십시오."

힐끗.

성을 둘러싼 하늘의 군대를 응시했다.

고오오.

그 순간 대기의 흐름이 바뀌었다.

그것은 72마신이 뿜어 대는 강력한 마기가 일으킨 변화였다.

"재수없는 기운을 지닌 놈들이로군!"

"날개를 꺾어 씹어 먹어 주지!"

처음에는 별 시덥지 않은 부탁이라고 생각했다.

하지만 하늘의 군대를 본 순간 생각을 달리할 수밖에 없었다.

심히 불쾌감을 주는 기운.

하늘의 기운은 지하의 마기와는 상반되는 것으로, 그들이 불쾌감을 느끼는 게 당연했다.

콰앙!

제각기 흩어진 마신들이 하늘의 군대와 충돌했다.

1단계 변화를 통해 입문자를 살육하던 천사들은 마신들의 공격에 힘없이 나가떨어졌다.

속성의 상극 때문이기도 했지만, 근본적으로는 마신들이 더 강해졌기 때문에 벌어진 일이었다.

정훈의 권속이 되면서 그의 능력 일부가 마신들에게 전이되었다.

거기에 마기를 품은 각종 장비를 지급 받아 예전과 비교하면 족히 몇 배는 상승한 무력을 가지게 된 것.

지금껏 감춰 두었던 힘을 마구잡이로 폭발시키며 하늘의 군대를 압박하기 시작했다.

"캬하하하하!"

섬뜩한 괴성이 울려퍼지며 막강한 위세를 뽐내던 하늘의 군대가 휩쓸리고 있었다.

호수에 빠진 엑스칼리버를 시작으로 정훈의 재료 수집이

순조롭게 이어지고 있었다.

멀린이 태어난 비밀의 동굴을 지키던 수정 가디언을 처치하고 원소의 지팡이를.

귀네비어와 랜슬롯이 밀회를 나누었던 정원을 지키는 정원지기를 처치하고 귀걸이와 아론다이트를.

모르가나의 실험실을 지키고 있는 골렘에게서 수정구와 클라렌트를.

성자가 처음 의지를 품은 광장에선 녀석의 그림자를 처치하고 성배와 성자의 혼을 얻을 수 있었다.

처치하고 얻었다.

과정은 무척 쉬워 보이지만, 하나하나가 화신급의 능력을 지닌 괴물들이었다.

하지만 정훈은 거침없이 그 모든 적을 베어 냈다.

깨달음을 얻었던 때와는 또 다른 성장이었다.

날이 갈수록 그의 무력은 성장하고 있었다. 아니, 완성되고 있다고 해야 할 것이다.

'이제 끝이다.'

마침내 8개의 재료를 모두 모으는 데 성공한 정훈이 막 움직이려고 할 때였다.

-어딜 그렇게 급히 가는가.

눈앞에 전혀 예상하지 못한 존재가 서 있었다.

"루시퍼……."

빛으로 이루어진 찬란한 다섯 쌍의 날개, 그리고 오색찬란한 빛에 휩싸인 그 존재는 바로 루시퍼였다.

'아니, 화신이로군.'

하지만 본체가 아니다. 반투명한 그 형상은 녀석이 본체가 아니라 화신이라는 것을 증명하고 있었다.

─너에게 제안을 하러 왔다. 인간.

"시간을 끄는 게 아니고?"

─하하하. 고작 시간을 끌기 위함이라면 다른 수단을 강구할 수도 있겠지. 이렇게 직접 화신을 이용해 가면 너에게 말을 걸 필요는 없다.

맞는 말이다.

신기의 수집 사실을 알고 있었다면 당장 하늘의 군대를 이용해 시간을 벌었을 것이다.

"본론만 말해라. 나는 바쁜 일이 있어서."

손에든 신기를 흔들어 보였다.

수상한 낌새라도 보인다면 당장 원탁으로 이동할 태세였다.

─내 특별이 너를 어여삐 여겨 사면령을 내려 주겠다. 그 신기를 이곳에 두고 사라진다면 너에게 다음 시나리오로 갈 수 있는 티켓을 선물하마.

루시퍼가 손을 앞으로 뻗자 그곳에서부터 빛의 입자가 모여 들어 형상을 이루었다.

그것은 숫자 8이 새겨진 티켓이었다.

'거짓은 아니로군.'

그것을 본 순간 느낄 수 있었다.

확실히 다음 시나리오, 8막으로 넘어갈 수 있는 티켓이
맞다.

그 어디에서도 얻을 수 없는, 오직 루시퍼의 제안을 통해
서만 획득하는 게 가능한 희귀한 아이템이었다.

－이 티켓을 찢는 것만으로 너는 8막으로 이동하는 게 가능하다. 이
얼마나 놀라운 혜택이란 말이냐. 나를 깨운 죄를 묻지 않을 테니 얼른
신기를 놓고 티켓을 가져가거라.

만약의 경우 루시퍼를 감당하지 못할 수도 있다.

당장 신살이 무너져 루시퍼가 온전한 힘을 되찾기라도 하
는 날에는 정훈에겐 승산이 없는 것.

어차피 타인의 목숨엔 그리 연연하지 않는 성격. 확실한
미래를 위해 티켓을 받는 게 낫지 않을까.

"지랄!"

불현 듯 찾아온 심마에 굴복하지 않았다.

"어디서 개수작이야?"

8개의 신기를 모두 모으는 순간 찾아오는 일종의 시험이
었다.

정훈의 계획을 알고 있었다면, 이 위대한 계획에 엿을 먹
이려는 그의 뜻을 알고 있었다면, 결코 행하지 않을 시험이
었다.

스팟.

심득을 담은 용광검이 티켓을 넘어 루시퍼의 화신을 갈랐다.

-후회……하게 될…….

점차 형상을 잃어 가는 루시퍼를 향해 가운데 손가락을 올려 주었다.

"후회는 네가 하게 되겠지."

파팟!

힘을 주어 지면을 박찬 순간 폭발적인 속도로 나아간다.

그 방향은 한창 전투가 펼쳐지고 있을 카멜롯 성.

그곳을 향해 맹렬한 속도로 나아갔다.

"크으!"

천사가 내린 빛의 창을 막아 낸 준형이 신음을 흘렸다.

처음 모습을 드러냈을 때만 해도 손쉽게 상대할 수 있었던 것과는 비교되는 모습이었다.

그럴 수밖에 없는 게 벌써 두 번째 변화가 있었다.

최선을 다했지만, 루시퍼의 힘을 모으는 속도는 빨랐고 결국엔 두 번째 변화가 일어나고 말았던 것.

세 쌍의 날개를 펄럭이는 천사들의 힘은 이제 입문자들이 감당하기가 힘든 수준이었다.

"이 빌어먹을 날개쟁이들 같으니!"

그건 마신들도 마찬가지였다.

특유의 마기를 뿌려 대며 마구잡이로 활개 치던 그들도 세 쌍의 날개를 지닌 천사들에겐 일방적인 모습을 보여 줄 수 없었다.

간신히 한둘을 처리했지만, 그것도 루시퍼의 권능에 의해 금방 부활하고 말았다.

"이, 이젠 무리야!"

"후퇴해야 합니다!"

"더는 버틸 수 없습니다."

입문자들 사이에서 막연한 두려움이 피어났다.

두려움은 모든 감정을 집어삼켰고, 결국엔 전장에서의 이탈이라는 극단적인 행동으로 발현되었다.

"안 돼! 물러서지 마. 어차피 이 공격을 막아 내지 못하면 끝장이란 말이다!"

물론 모두가 알고 있다.

수성을 성공하지 못하면 루시퍼에 의해 모든 입문자가 죽게 되리란 걸.

하지만 당장 피어난 두려움을 이겨 내지 못한 그들은 현실을 회피하고자 할뿐, 다른 어떠한 생각도 하지 못했다.

"제길!"

비명을 지른 준형이 남은 힘을 짜내어 파천을 펼쳤다.

쾅!

처음만 못한 위력은 천사의 창에 의해 가로막히는 결과를 냈다.

"이런!"

단지 공격이 막혀서 낸 신음이 아니었다.

드드득.

제때 천사들을 처리하지 못해 또 한 번의 변화가 시작되고 있었다.

등 쪽 근육이 터져 나가며 또 하나의 날개가 피어나고 있다.

드디어 천사의 마지막 변화, 네 쌍의 날개가 돋아나는 순간이었다.

'끝났다.'

정훈이 말했던 최소 시간보다 무려 20분이나 앞당겨진 시간이다.

인정하긴 싫지만, 해야만 한다. 이건 명백한 실패이자 패배다.

푸욱.

빛의 창에 의해 꿰뚫린 이들이 죽어 나간다.

그들이 할 수 있는 건 발악밖에 없었다.

하지만 더욱 강력해진 천사들을 상대로 미약한 발악은 아무런 소용도 없는 일.

희생자의 수는 걷잡을 수 없이 커져만 갔다.

쐐애액!

허망한 눈으로 주변을 돌아보던 준형을 향해 빛의 창이 날아들었다.

이제는 그 궤적이 보이지도 않는다.

'죄송합니다.'

자신의 죽음이 안타까운 게 아니었다.

이계에 온 순간부터 죽음을 각오하고 있었고, 지금 이 순간도 익히 예상한 것이기도 했다.

마지막 순간 찾아온 감정은 정훈과의 약속을 지키지 못한 것에 대한 미안함이었다.

왜 그런 감정이 들었는지는 알 수 없다.

다만 그와의 약속을 지키지 못한 것에 대한 미안함과 무력감, 그런 복잡한 감정만이 가득했다.

저항할 힘조차 없는 준형은 눈을 감았다.

고통 없는 죽음이 찾아오길 바랄 뿐이었다.

서걱.

살을 가르는 섬뜩한 소리.

'고통은 없구나.'

다행히 고통은 없었다. 아니, 아무런 느낌조차 없다.

죽음이란 게 이런 것일까.

"아주 지랄을 하세요."

그 순간 귓가로 파고든 음성에 준형의 눈이 번쩍 뜨였다.

"저, 정훈 님!"

어느새 눈앞에는 정훈이 있었다.

무덤덤한 얼굴을 유지한 그는 달려드는 천사의 목을 날려 버리는 중이었다.

"내가 분명히 말했을 텐데. 적어도 100분은 버텨야 한다고."

정훈이 최소한으로 잡은 시간은 100분이었다.

하지만 지금 그들은 채 70분도 버티지 못한 상태였다.

"면목…… 없습니다."

"알면 됐다."

책임을 추궁하는 건 그것으로 끝이었다.

"내 예상보다 10분 더 버텼네. 고생했다."

사실 정훈이 생각했던 건 60분이었다.

하지만 그 최소 시간을 무려 40분이나 더 뒤로 미루었다.

이것이 바로 그가 준비한 또 다른 비장의 카드였다.

"그럼 신기는 모두……."

"그래. 모두 제자리에 돌려놨다."

정훈의 말이 끝나기 무섭게 성 밖, 루시퍼가 있는 지점으로부터 엄청난 광휘가 쏟아져 나왔다.

8개의 신기가 원탁으로 돌아가면서 힘을 비축하는 단계가 끝나 버린 것이다.

하지만 아직 문제는 산재해 있다.

네 쌍의 날개를 지닌 천사들이 여전히 활개를 치며 주변의 입문자들을 학살을 벌이는 중이었다.

"빨리 저들을……."

하지만 준형을 말을 이을 수 없었다.

마치 명상에 잠기듯 눈을 감은 정훈이 춤을 추듯 용광검을 어지러이 휘두르고 있었다.

"무한궤적無限軌跡."

정훈이 그린 궤적이 무한으로 불어나 천지사방을 가득 메웠다.

파파파파팟!

궤적이 닿은 천사들의 육신이 양단된 채 지면으로 떨어진다.

예외는 없었다. 그 누구도 피하지 못했고, 그 누구도 죽음을 면치 못했다.

"맙소사!"

정훈과 꽤 오랜 시간을 함께해 온 준형조차도 이 순간엔 말을 이을 수가 없었다. 그것은 가히 인간의 영역을 벗어난 검이었고, 상상도 할 수 없는 권능이었다.

찰나의 순간 성 주변을 포위하고 있던 모든 천사들이 지면으로 떨어졌다.

그것은 기적이 아니고서는 설명할 수 없는 광경이었다.

"후우."

숨을 내쉬며 호흡을 가다듬었다.

천지양단에 이어 두 번째로 구상한 스킬인 무한 궤적은 광범위한 적들을 공격하는 것인 만큼 엄청난 체력과 심력을 소모할 수밖에 없었다.

무한한 힘을 지닌 정훈이 숨을 가다듬게 만들 정도로 말이다.

정훈의 시선을 따라 준형, 그리고 생존한 모든 이들이 지면에 떨어진 하늘의 군대를 훑었다.

혹시 또 살아나지 않을까.

하지만 그런 일은 없었다.

부활의 권능은 루시퍼가 힘을 축적하는 시간에만 한정된 것.

그 과정이 끝난 이상 다시는 살아날 일은 없었다.

"대장전이다. 혹시라도 끼어들 생각은 말고 대기하고 있어."

"여부가 있겠습니까."

털썩 주저앉은 준형이 대답했다.

끼어들라고 해도 그럴 만한 힘이 남아 있어야 가능한 거지, 지금 상태는 손가락 하나 까딱할 힘도 남아 있지 않았다.

언제나 그렇듯 이들의 운명은 정훈의 손에 달려 있었다.

"너희도 수고했다."

엉망진창이 된 72마신을 보며 한마디 하는 것을 잊지 않았다.

예전이었으면 불가능했을 일이었지만, 그래도 함께 위대

한 계호기에 빅 엿을 먹이는 '동료'에 가까운 이들로 생각하고 있었기 때문이다.

"주군에게 보탬이 될 수 있다면 기꺼이."

비록 살육을 즐기는 악마이나, 한 번 복종한 이에게는 맹목적인 충성을 보인다.

물론 그 충성의 조건은 어디까지나 정훈이 더 강력한 힘을 지니고 있을 때에 한정되지만 말이다.

막간을 이용해 인사를 나눈 정훈이 곧장 몸을 튕겼다.

서두르지 않고, 천천히 성벽 아래로 내려온다.

마치 공중에서 계단을 걷듯 천천히 그의 앞에 마침내 제 모습을 드러낸 루시퍼가 있었다.

오색찬란한 휘광은 루시퍼의 현재 능력을 상징하는 것.

정훈의 방해 없이 끝까지 힘을 모았다면, 열 가지 색의 휘광을 몸에 둘러 그 누구도 상대할 수 없는 강대한 힘을 손에 넣었을 것이다.

하지만 정훈은 이를 허용하지 않았다.

물론 오색만이라 해도 이곳의 모든 이들을 죽이는 덴 부족함이 없는 힘이긴 하다.

정훈이라는 존재만 없다면 말이다.

"아쉽구나. 조금만 더 버텼다면 능히 네 녀석을 처리할 수 있었을 텐데."

루시퍼는 알고 있었다. 오색의 힘만으로는 정훈의 상대가 되지 못함을.

만약 조금만 더 시간을 끌어 육색의 힘을 손에 넣었다면 사정은 달라졌을 것이다.

"주제를 알고 있다니 다행이로군."

문답무용問答無用.

정훈의 용광검이 매우 느릿하게 움직이기 시작했다. 아니, 느린 듯 하지만 빠르다.

시간이란 개념을 아득히 초월한 움직임.

그것은 아직 미완의 검이나 또한 완성된 것이기도 했다.

스윽.

빠르기도, 느리기도, 보이다가도 보이지 않는 그 움직임이 루시퍼를 갈랐다.

"내가 잘못 말했군. 이 정도면 최소한 팔색은 되어야……."

푸확!

끝가지 말을 잇지 못한 루시퍼의 몸뚱이가 사선으로 갈라지며 빛으로 이루어진 피를 쏟아냈다.

－전체 안내 발송.

－지구 소속 입문자 한정훈이 제7 시나리오의 관리자 루시퍼 처치에 성공.

－역사를 만들어 나갈 업적을 이룩한 입문자 한정훈에게 원하는 능력치 중 2개를 격상시킬 수 있는 혜택 부여.

-스킬 북 '소생의 기적' 부여.

-'언령 : 제7 시나리오의 관리자' 부여.

-현재 시나리오에 묶인 모든 입문자들의 생사여탈권 부여.

지난 동장군 때와 비슷한 구성이지만, 보상의 질에선 비교할 수 없다.

하나가 아닌 2개를 얻은 근력과 순발력에 투자했다.

한정훈	
근력(現神) : 2	강인함(現神) : 1
순발력(現神) : 3	마력(現神) : 1

화신을 넘어 현신現神의 경지에 이른 순간부터 모든 능력치가 1로 변했었다.

지난 동장군 때 얻은 하나의 능력을 순발력에 투자했었고, 이번에 얻은 2개는 근력과 순발력에 투자해 각자 2와 3으로 상승했다.

예전과 비교하면 미약한 수치.

하지만 정훈은 이 능력치 1이 상승할 때마다 달라지는 변화에 전율할 수밖에 없었다.

'이거야말로 신세계로군.'

몸속에서 느껴지는 힘이 예전과는 비교도 할 수 없다.

마치 새로운 몸을 얻은 것처럼 가볍고, 넘치는 활력을 주체하기가 어려웠다.

깨달음이란 게 만능은 아니다.

그것은 어디까지나 정신적인 수양.

육체적인 능력이 발전한다면 깨달음의 공부를 좀 더 강력하고 원활하게 펼칠 수 있을 터였다.

또 한 번의 발전. 아직 많은 고비가 남아 있는 정훈에게는 건조한 땅에 내리는 촉촉한 비와 같이 달콤한 보상이었다.

하지만 지금 확인한 보상은 다음에 확인한 것에 비하면 조족지혈이었다.

소생의 기적

하늘의 힘이 담긴 위대한 소생의 권능. 죽음에 이른 자만 아니라면 그 어떤 상처라도 아물게 한다

입문자 중에도 치유술사는 많다.

하지만 죽음에 이르는 치명상을 낫게 할 만한 권능을 지닌 자는 없었다. 아니, 없는 게 아니라 나올 수가 없다는 게 맞다.

죽음에 이를 정도의 상처를 치유할 정도의 권능이 흔하다면 세상에 죽을 자는 없을 것이다.

'이거라면 피해를 최소화할 수 있겠군.'

해야 할 일이 많은 만큼 이 스킬 북을 다른 이에게 건네준다면 어떨까.

'무리.'

하지만 이내 고개를 저었다.

엄청난 권능인 대신 어마어마한 마력이 소모된다.

보통의 입문자라면 한 번 사용하는 것으로 마력이 동날 터였다.

현신에 이른 그의 마력이어야만 그나마 제대로 활용할 수 있을 터.

화악!

결국, 그의 선택은 스스로가 배우는 것이었다.

소생의 기적(액티브)

효과 : 죽지만 않았다면 그 어떤 상처도 치유할 수 있다.
숙련도 : Max
설명 : 하늘의 힘이 담긴 위대한 소생의 권능. 죽음에 이른 자만 아니라면 그 어떤 상처라도 아물게 한다.

단순히 상처를 치유하는 게 아닌 잘린 신체를 복원하기도 한다.

과연, 관리자를 처리해 얻을 만한 보상이라 할 수 있었다.

'그나저나 드디어 삼안이란 것에 대해 알 수 있게 됐군.'

그리고 또 하나. 바로 7막의 관리자라는 언령이 준 효과였다.

언령 : 제7 시나리오의 관리자

동장군 때 얻은 보너스 시나리오의 관리자라는 언령은 삼안을 생성하는 용도였고, 이번 언령은 그 능력을 각성하는 것이었다.

그 능력이 개방된 즉시 어떠한 효과인지 알 수 있었다.

삼안이란 말 그대로 세 번째 눈을 뜻하는 것이 아닌, 감각을 극대화하는 것을 말한다.

달리 말하면 육감이라 부르는 것인데 잡힐 듯 잡히지 않는 안개와 같았던 그 감각이 마치 몸의 일부인 것처럼 마음대로 통제를 할 수 있었다.

이 감각을 이용한다면 눈에 보이지 않는 적의 공격을 예측하는 것도 가능할 터였다.

기대하지 않았던 부분에서 상당한 보상을 얻은 셈이었다.

"치느님, 먹이다."

일부 준형에게 줄 것을 제외한 대다수의 전리품을 치느님의 먹이로 던져 주었다.

하늘의 힘을 지닌 무구는 대상의 육신을 강화하는 건 물론 각종 치유 효과도 깃들어 있어서 치느님의 보조적인 성향을 더욱 발전시켜 주었다.

치느님이 구석에서 전리품을 먹어치우는 사이 손에 쥐고

있는 것을 확인했다.

구리 빛으로 된 작은 열쇠의 머리 부분. 언뜻 보기엔 평범해 보이나 이것이 바로 위대한 계획을 백지화시킬 수 있는 유일한 수단인 해방의 열쇠 파편 중 하나였다.

해방의 열쇠 파편(상)

등급 : ???
효과 : 위대한 계획을 무로 돌린다
설명 : 위대한 이의 변덕으로 생긴 기형적인 물건

드디어 세 개의 파편 중 하나를 손에 넣었다.

'기다려라. 이 빌어먹을 계획을 아예 없었던 일로 만들어 줄 테니.'

생각할수록 분노가 솟구쳐 올랐다.

고작 신들의 장난에 의해 이렇게까지 개고생을 해야만 하다니.

인류를 구원하겠다는 마음은 추호도 없다.

다만 잘나신 신의 면상에, 그 잘난 계획에 엿을 먹이고 싶은 마음뿐이었다.

─빰빠라빰빰! 축하합니다. 한정훈 입문자님. 또다시 위대한 업적을 이루어 냈군요.

창조주에 대해 맹렬한 분노를 품고 있을 무렵 예의 그 안내음이 말을 걸어왔다.

'무슨 일이지?'

-지난번에도 같은 일을 했었죠. 한정훈 입문자님은 이곳에 소속된 입문자들의 생사여탈권을 쥐게 되었습니다. 현재 남아 있는 입문자의 수는 121,003. 그들을 이곳에서 추방할 수도, 죽일 수도, 살릴 수도 있습니다. 자, 한정훈 입문자님은 남은 입문자에 관한 처분을 어떻게 하시겠습니까.

열심히 노력했건만 생존자의 수는 지난 시나리오의 절반에도 미치지 못했다. 아니, 여기서 합류한 입문자를 생각하면 거의 80퍼센트 가까운 인원이 죽었음을 의미하는 것.

죄책감은 없다. 다만 앞으로 이용 가치가 있을 녀석들이 죽어 나간다는 사실에 실망할 뿐이었다.

'일일이 물어볼 필요 없어. 전원 생존한다.'

-과연 세기의 영웅! 그럼 이곳에 있는 모든 입문자를 생존시키도록 하겠습니다. 다음 시나리오에서도 건투를 기원합니다.

대화가 끝나자 메시지가 울렸다.

-제7 시나리오, 아서왕과 원탁의 기사 종료.

-제8 시나리오 포털 작동.

-카멜롯 성 중앙에 포털 생성.

-포털 종료까지 남은 시간 없음. 생존한 입문자 전원이 포털을 통과하기 전까지 포털은 유지됨.

단 한 번도 겪지 못했던 포털의 유지였다.

'이것 때문인가?'

곧바로 생각이 미치는 게 있었다.

그것은 다름 아닌 백의 기사, 듀라한에게 받은 퀘스트인 종막을 막는 자였다.

브리트니아를 호시탐탐 노리는 차원의 악마로부터 세계를 구원해야 한다는 내용.

'어떻게 한다.'

고민이 될 수밖에 없었다.

지금까지는 오르비스의 안배로 인해 모든 시나리오를 간파해 가며 무사히 임무를 완료해 왔다.

하지만 지금은 어떤가.

신의 변덕으로 인해 생겨난 숨겨진 시나리오는 어떠한 정보도, 얼마만큼의 난이도를 지녔는지도 알 수 없는 상태다.

어쩌면 지금의 힘으로도 감당하지 못할 수도 있고, 아니면 반대로 싱겁게 끝날지도 모른다.

'문제는 악의 부적이란 건데……'

사실 일반적인 경우라면 포기하는 게 맞다.

하지만 오르비스의 정보에도 나와 있지 않은 악의 부적이란 보상이 너무도 궁금했다.

어쩌면 예정된 판을 뒤엎을지도 모르는 비장의 카드가 될 수도 있지 않을까.

고민하고 또 고민했다.

갈등으로 흔들리던 그의 눈동자가 마침내 안정을 찾았을 무렵이었다.

파팟.

이내 신형을 솟구쳐 카멜롯 성에 안착했다.

"준형."

이제는 익숙한 듯 별다른 대답 없이 곧장 옆에 선다.

"모두를 인솔해서 포털로 이동해."

"아직 다음 시나리오에 관한 정보를 듣지 못했습니다."

매번 포털로 이동하기 전 다음 시나리오에 관한 정보를 들어 왔다.

"이번엔 상관없어. 어차피 모두 같은 곳에 도착할 테니까."

"아, 그렇군요. 알겠습니다. 곧장 이동하도록 하겠습니다."

빠릿하게 대답한 준형이 살아남은 생존자를 인솔해 이동을 시작했다.

남은 한 명까지 모두 사라지는 것을 확인한 정훈은 잠시 그곳을 바라보다가 이내 등을 돌렸다.

내성을 지나 원탁의 회의실로 이동했다.

문을 열자 그곳에 서 있는 랜슬롯과 갤러해드를 확인할 수 있었다.

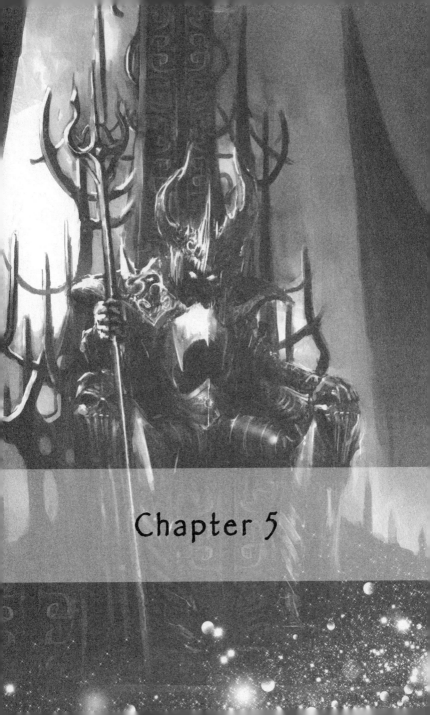

Chapter 5

"결국, 재앙을 불러오는 일을 선택하신 겁니까?"

마치 모든 걸 다 알고 있는 듯한 그의 말에 놀라는 것도 잠시였다.

"판을 뒤엎어 놓을 히든카드가 필요하니까."

곧장 원탁에 끼워져 있는 성배를 빼냈다.

"그것이 히든카드라는 걸 장담할 수 있습니까?"

랜슬롯의 옆에 서 있던 갤러해드가 물었다.

처연한 눈빛. 숭고한 자에 해당하는 그는 곧 있을 자신의 죽음을 예견하고 있었다.

"아니. 솔직히 말하면 조금 전까진 확신을 하지 못했지."

"조금 전까지?"

"그래. 그런데 이젠 확신이 들었어. 너희들이 날 방해하는 것을 보고 말이야."

굳이 나서서 방해하는 그들을 보고 있자니 확신이 들었다.

이 선택이 바로 판을 뒤엎어 줄 수 있는 히든카드가 될 수 있음을 말이다.

"이놈!"

"죽엇!"

폭발적인 기세를 뽐낸 녀석들이 덤벼들었다.

일전의 그들이라곤 상상도 할 수 없을 정도로 강력한 기운 이었지만 그들의 변화에도 정훈의 얼굴은 담담하기 그지없 었다. 아니, 오히려 입가에 슬며시 번지는 건 미소였다.

"그리고 지금은 더 확신이 드는군."

변화한 랜스롯과 갤러해드의 모습에 더욱 확신을 가지며 손을 놀렸다.

파파파파팟!

천지를 가두다.

그의 의지가 고스란히 반영된 주먹은 시간과 공간을 초월 해 사방에서 들이닥쳤다.

퍼퍼퍼퍼퍽!

천지를 가득 메운 주먹을 막아 낸다는 건 불가능한 일이 었다.

둔탁한 타격음이 쉴 새 없이 울려 퍼지고, 마침내 그 소리가 들리지 않게 되었을 때 눈앞엔 피 떡이 된 고깃덩이만이 존재했다.

"으, 으어어……."

형체를 알아볼 수 없을 정도로 뭉개졌으나 한 줌의 숨은 유지하고 있다.

고통에 찬 신음을 내뱉는 갤러해드에게 접근해 성배를 들이댔다.

주륵.

흘러내린 피가 성배에 흘러 들어가고…….

부글부글.

성배에 가득 차 있던 피가 제멋대로 끓기 시작했다.

손에서 느껴지는 열기에 바닥에 내려놓자 그 변화는 더욱 심화되었다.

끓다 못해 넘치기 시작한 피는 잠시 후 파도가 된 것처럼 흘러나와 고깃덩이가 된 랜슬롯과 갤러해드의 육신을 덮쳤다.

뿌득, 드드득.

근육이 부풀고 관절은 제멋대로 꺾인다.

그 끔찍한 광경은 육신이 한데 뭉치면서 생겨나는 변화였다.

기괴한 광경을 한 발짝 물러나 응시하던 정훈은 마침내 변화의 끝을 목격할 수 있었다.

"드디어, 드디어!"

피의 막을 깨부수고 나온 건 인간이었다.

색색의 보석이 박힌 황금 왕관과 붉은 갑옷, 그리고 검은 망토를 두른 그는 한눈에 보기에도 범상치 않은 기운을 마음 껏 발산하고 있었다.

"짐이 드디어 브리트니아에 돌아왔노라, 이 우서 팬드래건 님이 말이다!"

구구궁!

우렁찬 그의 외침에 성이 진동했다.

만약 정훈이 아닌 다른 누군가가 그 주변에 있었다면 고막 이 터져 피를 흘리고 말았을 것이다.

'우서 팬드래건!'

오르비스의 정보에도 나와 있는 인물이다.

위대한 혈통의 시초.

아서 왕의 아버지이자 멀린의 주군이기도 했던 이.

하지만 갑작스럽게 종적을 감춰 여러 가지 의문을 자아낸 자이기도 했다.

"호오, 네 녀석이로구나, 짐을 온전히 소환한 장본인이."

팬드래건의 시선이 정훈에게 닿았다.

"묻겠다, 미천한 존재여. 건방지게 날 가둔 멀린과 수호자 는 녀석은 어찌 되었느냐."

그는 종말의 시작이자 끝.

브리트니아의 종말을 원하는 그의 계획을 알게 된 멀린과 수호자, 백의 기사는 사력을 다해 그를 봉인하게 되었다.

물론 강력한 그의 힘을 완전히 봉인하는 건 불가능했고, 고작해야 시간을 버는 정도밖에 되지 않았다.

멀린이 그토록 권력에 집착했던 것은 본인의 야욕 때문인 것도 있지만, 한시바삐 대륙을 일통해 다시금 부활하는 팬드래건을 막을 의도도 숨어 있었다.

하지만 그 모든 의도는 정훈에 의해 산산이 부서졌고, 대재앙의 온전한 부활이라는 끔찍한 결과를 낳게 되었다.

"둘 다 죽었다."

"뭣이?"

"바로 내 손에."

광기로 번뜩이는 그의 눈동자에 이채가 스치고 지나갔다.

"건방지구나. 감히 짐이 해야 할 일을 대신하다니. 건방진 네놈에겐 죽음만이 어울리겠구나."

허리의 검을 뽑아 휘둘렀다.

스팟!

반월형의 검기가 시간과 공간을 초월해 접근했다.

그 공격을 느낀 순간은 이미 늦었다.

반드시 벨 수밖에 없는, 그야말로 인과율을 초월한 움직임.

하지만 정훈은 이미 느끼고 있었다.

마침내 개안한 삼안이, 이 특별한 감각이 위기를 알려 준 것이다.

옆으로 슬쩍 육신을 옮겨 일검을 피해 냈다.

콰콰쾅!

정훈을 스쳐 지나간 검기는 카멜롯 성은 물론 지나가는 모든 것을 베었다.

가볍게 펼친 거라고는 생각할 수 없는 강력한 힘이었다.

"호오, 짐의 검을 피했단 말인가. 과연 그 머저리들을 처리할 정도의 수준은 되는구나. 하지만 이것은 어떠하냐."

스스슥.

어지러이 날리는 궤적이 사방에서 조여 왔다.

이에 맞설 수 있는 방법은 하나.

정훈의 검이 무한한 궤적을 그렸다.

카카카카캉!

천지 사방에 가득한 검기를 모두 받아 냈다.

"보통이 아니로구나!"

이번 공격도 막아 낼 줄이야.

이 광오한 팬드래건도 진심으로 감탄할 수밖에 없었다.

사실 멀린과 수호자에게 당해 봉인된 것도 그들의 간계에 당해 대부분의 힘을 잃었기에 가능한 일이었다.

온전한 힘을 지닌 그는 이 세상의 그 무엇도 두려워하지 않을 정도로 강력한 존재였던 것.

그런데 지금 그 공격이 파훼되고 있었다.

"이것도 한번 받아 보거라!"

힘을 한계까지 응축시킨 강력한 일검.

받을 수 없다. 삼안이 경고했다.

감히 맞서는 것을 포기한 그의 신형이 어지러이 움직였다.

서걱.

"크윽!"

공간을 초월하는 그의 움직임도 팬드래건의 전력이 담긴 검을 온전히 피하는 건 불가능한 일이었다.

왼팔이 잘려 나가며 피분수가 솟구치고 있었다.

"쯧, 고작 왼팔이라니. 하지만 다음에는 다를 것이다."

팬드래건은 정훈 앞에서도 여유를 부릴 정도의 강자였다.

'제길. 역시 건드리는 게 아니었나.'

과연 숨겨진 시나리오다운 강적이다.

만약 루시퍼를 처치해 얻은 삼안이나 새로운 경지에 발을 들인 육신의 능력이 아니었다면 조금 전 공격에 의해 목숨을 잃었을 것이다.

어떻게 보면 신마와 비슷한, 아니 그보다 더 강력한 적일 수도 있다는 생각이 들었다.

'하지만 지지 않는다.'

지금 상황에서조차 질 거란 생각은 들지 않았다.

그에겐 준비된 수가 아직도 많았기 때문이다.

"소생의 기적."

대량의 마력이 뭉텅이로 빠져나가며 찬란한 광휘가 몸을

감쌌다.

고통이 사라지자, 그와 함께 새싹이 돋아나듯 잘려 나간 왼팔이 다시 자라났다.

"호오, 신비한 능력이로다."

처음 선을 보인 그 권능에 팬드래건이 감탄했다.

하지만 그게 끝이 아니다.

"치느님!"

강력한 적이 눈앞에 있다.

쓸 수 있는 수단이라면 모두 동원하는 게 맞다.

꼬끼오!

루시퍼가 준 무구를 먹고 한 번 더 성장한 치느님이 요란한 울음을 터뜨리며 각종 권능을 부여했다.

"발악은 여기까지다!"

더는 아량을 베풀 수 없다.

팬드래건의 전력이 담긴 검이 다시 한 번 쇄도했다.

삼안이 말한다. 받을 순 없으나 피할 순 있다.

콰앙!

지면을 박찬 순간 굉음에 의해 성의 바닥이 무너졌다.

그 엄청난 반동으로 튀어 나간 정훈의 뺨을 스치고 지나가는 건 예리한 검기.

조금 전 그의 왼팔을 잘라 냈던 바로 그 검이었다.

'피했다.'

하지만 안심하기엔 이르다.

"감히!"

분노한 팬드래건이 재차 검을 휘두르고 있었다.

피하는 것만으로도 벅차다.

반격을 하기 위해선 또 다른 수가 필요했다.

"신마 강신降神."

하나가 된 용환의 능력 중 하나.

신마를 강신시켜 잠시간 그의 공부를 공유한다.

피잉!

머릿속에 울리는 이명과 함께 세상을 보는 시야가 달라졌다.

육신의 능력, 거기에 예지가 가능한 삼안까지 합쳐진 정훈의 육신은 신마의 공부를 펼치기에 더할 나위 없이 좋은 환경이 되었다.

카앙!

조금 전까지 받는 건 불가능했던 팬드래건의 검을 받아쳤다.

요란한 불똥이 피어나며 손의 압력이 거세지는 바로 그 순간, 교묘하게 손목을 꺾어 검격을 흘려 냈다.

"흡!"

놀란 팬드래건의 균형이 잠시간 무너진다.

설마 이토록 빠른, 강력한 공격을 흘려 내리라곤 상상도 못한 것이다.

스팟!

균형이 무너진 팬드래건을 향해 용광검이 쇄도했다.

하지만 상대 또한 평범하지 않은 검술의 대가.

균형이 무너진 상태에서도 신형을 팽그르르 돌려 그 공격을 피하려 했다.

서걱.

"크흑!"

하지만 그것은 움직임을 유도하기 위한 허초였고, 진심이 담긴 일격은 오른쪽 어깨를 베어 냈다.

신마의 노련함은 자신의 수를 절대 읽히지 않는다.

어느 게 진짜고, 어느 게 가짜인지 구별할 수 없는 그야말로 완벽한 검술을 추구하고 있었다.

"건방지구나!"

재앙으로 태어난 이래로 처음 겪어 보는 고통에 팬드래건의 분노가 극에 달했다.

고오오오.

진지하지 못했던 지금까지완 달리 그 기세라 일변했다.

고요하면서도 맹렬하고, 난폭하면서도 차분하다.

마치 잘 벼려진 명검을 보는 듯한 기세를 발산해 내며 검식을 펼쳤다.

개안을 이룬 삼안이 계속해서 경고를 보내 왔다.

이전의 정훈이었다면 그 경고를, 막대하게 쏟아져 들어오는 정보를 제대로 다루지 못했겠지만, 신마의 경험은 그것을 가능하게 했다.

그 모든 정보를 취합해 가장 세밀한 움직임, 적절한 동선, 그리고 승리를 일궈 내는 동작을 만들어 냈다.

콰콰콰콰쾅!

맞부딪치기도 하고, 피하기도 한다.

때로는 허초로 적의 움직임을 유도해 틈을 만들고, 또 때로는 기상천외한 수법으로 틈을 파고들었다.

왜 신마가 고금제일인지, 그의 경험이 얼마나 강력한 무기가 되는지 정훈은 새삼 깨달을 수 있었다.

'이것을 내 것으로 만들 수 있다면……'

마치 제삼자가 된 것처럼 자신과 적의 움직임을 관찰할 수 있었다.

고금제일인인 신마와 가히 재앙이라 불러도 손색이 없는 팬드래건의 공방전은 그에게 엄청난 깨달음을 가져다 주었다.

그 동작 하나하나에 감탄하며 머릿속에 새겨 넣는다.

그가 치열한 공방전 속에서 엄청난 깨달음을 얻고 있을 무렵 점차 승부의 향방이 결정되고 있었다.

"크으으, 이노옴!"

승자와 달리 패자는 불안한 법이다.

냉철할 이성을 유지하지 못할 정도로 분노한 팬드래건은

자신이 흥분했다는 사실도 잊은 채 큰 동작을 취했고, 그것이 곧 승부를 갈랐다.

푸욱!

일격필살의 의지를 담은 용광검은 팬드래건의 갑옷을 뚫고 그의 심장마저 꿰뚫었다.

"이, 이게 대체 무슨……."

그것은 일어날 수 없는, 아니, 일어나서는 안 되는 일이었다.

대재앙이라 불리며 세상을 아래로 내려다보기만 했던 이.

창조주조의 의지를 담아 만들어진 강력한 적 팬드래건은 마침내 정훈의 손에 의해 죽음에 이르고 만 것이다.

숨겨진 시나리오는 사실 깨라고 만든 게 아닌 실패하라고 만든 실패작이었다.

그런데 그것이 정훈의 손에 의해 깨어졌다.

털썩.

마침내 지면에 몸을 누인 팬드래건과 함께 오직 정훈에게만 들리는 알람이 파고들었다.

-우와! 미친 거 아니에요? 어떻게 팬드래건을…….

감정을 담뿍 담을 정도로 격한 반응이었다.

-아고고, 너무 놀라서 그만. 뺨빠라뺨! 있을 수 없는, 있어서도 안 되는 업적을 달성한 입문자 한정훈 님에게 경의를 표합니다.

'쓸데없는 말은 그만뒀으면 좋겠는데.'

―여전히 재미가 없는 사람이군요. 뭐, 어쨌든 축하드립니다. 일부분, 아주 일부분에 불과하지만 그분의 의지를 이어받은 우서 팬드래건을 처치해 숨겨진 보상 악의 부적을 획득했습니다!

그리고 알 수 있었다. 그렇게 고대하던 악의 부적이 내 보관함에 들어왔다는 사실을.

악의 부적

등급 : 알 수 없음(Unknown)
효과 : 비활성화
설명 : 창조주가 비밀리에 만든 부적. 다른 3개 세트를 모아 합치면 놀라운 일이 일어날지도?

처음 숨겨진 시나리오를 본 순간부터 엄청난 무언가를 기대했던 게 사실이다.

그 절정은 팬드래건을 상대하면서 두드러졌다.

이 정도의 강적이라면 틀림없이 세상이 깜짝 놀랄 만한 것이 틀림없다.

그리 생각했지만, 막상 뚜껑을 열어 나온 건 실망스럽기 그지없는 것이었다.

'이게 뭔지 설명 좀 해 줄래?'

분노로 이를 빠득빠득 갈아 가며 물었다.

―아, 그건 말이죠……. 비밀! 전에도 말했지만, 이렇게 사적으로 대화하는 것도 월권행위라서 말이죠. 아, 한 가지 말해 줄 수 있는 거라면 결

코, 모아도 손해될 건 없다. 이 정도?

'모을 수 있다면 말이지.'

백의 기사의 추가 시나리오를 받게 된 것도 우연의 산물이었다.

오르비스가 지닌 정보에서도 없는 숨겨진 시나리오를 반드시 해결할 수 있을 거란 확신이 들지 않았다.

−혹 모르죠. 운이 좋다면 그 모든 것을 다 모을 수 있을지. 도전은 언제나 환영이랍니다.

더는 도움이 될 것 같지 않다.

귓가에 파고드는 알림을 애써 무시하며 시선을 돌렸다.

아직 실망하기엔 이르다.

그의 눈앞에는 우서 팬드래건이 드롭한 온갖 전리품이 가득 떨어져 있었으니 말이다.

'이건?'

그중에서도 가장 눈에 띄는 건 팬드래건이 사용하던 검이었다.

순백의 기운을 흘리는 그것은 엑스칼리버와 그 모양새가 너무도 흡사했다.

'칼리번?'

손에 쥔 그것의 상세 정보를 볼 수 있었다.

칼리번이라 명칭된 태고급의 검.

고작해야 태고급에 불과하다면 정훈의 관심을 끌 수 없겠으나 이것은 특별한 하나의 능력을 지니고 있었다.

'진 엑스칼리버와 결합해 고대의 검을 복원할 수 있다.'

8개의 신기 중 하나였던 진 엑스칼리버에는 전혀 없던 설명이었다.

하지만 이제 알게 되었다.

그러니 무엇을 망설이겠는가.

원탁에 꽂혀 있던 진 엑스칼리버를 뽑았다.

오른손엔 엑스칼리버, 왼손에 칼리번을 들고 겹치듯 조심스레 포개었다.

화악!

빛에 휩싸인 두 검이 서로의 빛을 탐하듯 그 영역을 넘보더니 이내 하나가 되어 형상을 이루었다.

본래 엑스칼리버 자체가 찬란한 빛에 휩싸인 검이었으나 지금과는 비교할 게 못되었다.

세상의 모든 어둠을 몰아내려는 듯 찬연한 빛이 세상을 비추었다.

그리고 마침내 모습을 드러낸 건 일반적인 금속 재질의 검이 아닌 빛의 검이었다.

엑스칼리번 – 약속된 승리의 검

등급 : 태초
효과 : 검 착용 시 공격 속도 2배 증가(쌍검 착용 시 4배 증가)
빛 속성 최대치로 보정

어둠 속성에 대한 공격력 1,000퍼센트 상승
적에게 준 피해의 일부를 보호막으로 전환
적에게 준 피해의 일부를 생명력으로 전환
적에게 준 피해의 일부를 방어력으로 전환
공격 횟수에 따라 추가 피해 증가
설명: 고대의 사람들이 빛의 입자를 모아 만든 검. 그 찬란한 빛은 반드시 사용자에게 승리를 가져다주었다고 한다.
─반드시 승리하리라!

용광검에 이은 두 번째 태초급 무기.

과연 태초급에 어울리는 굉장한 성능이었다.

정훈은 오른손에 용광검을 그리고 왼손엔 엑스칼리번을 들었다.

감히 예상컨대 조금 전과 비교해 능력이 배는 더 상승한 것을 알 수 있었다.

'용광검과의 상성도 좋고.'

용광검의 권능과 엑스칼리번의 특성을 잘만 이용한다면 무적에 가까운 힘을 발휘할 수도 있을 것이다.

기대하지 않았던 곳에서 천군만마를 얻은 셈.

주변을 한 바퀴 둘러보았다.

우서 팬드래건의 죽음과 함께 세계가 붕괴되어 가기 시작했다.

시간이 많지 않다는 것을 깨달은 정훈은 이내 포털을 향해 발을 들여놓았다.

철썩.

파도가 부딪치며 하얀 포말을 일으킨다.

그 아련한 소리에 눈을 뜨자 달라진 주변 풍경이 눈에 들어왔다.

마치 거대한 들판과 같은 넓이의 갑판.

자신과 마찬가지로 서서히 의식을 회복하는 이들로 가득했다.

그 모든 이들의 얼굴이 익숙하다.

바로 자신보다 일찍 8막의 포털을 통과한 신살의 구성원들이었던 것이다.

무사히 8막에 도달한 것을 알 수 있었다.

갑판에서 시선을 뗀 그의 고개가 더 넓은 풍경을 눈에 담았다.

더없이 푸르른 창공, 저 멀리는 하늘과 바다의 경계선인 수평선이 보였다.

현재 그와 신살은 거대한 배를 타고 바다 위를 항해하고 있었다.

-제8 시나리오, 영웅vs입문자를 시작합니다.

-첫 번째 임무, 위험천만한 원정길에서 영웅들보다 먼저 황금 양피를

획득해야 합니다.

"사령관님, 여긴……?"

의식을 회복한 준형이 다가와 물었다.

"준비해. 곧 적들이 들이닥칠 테니."

"네?"

덜컹.

정훈의 말이 끝남과 동시에 한차례의 충격이 선체를 휩쓸었다.

"마침 도착했군."

준형을 지나친 그가 선체에서 뛰어내렸다.

발에 닿는 부드러운 느낌.

눈앞에 새하얀 모래사장이 펼쳐져 있었다.

정면을 바라보자 원초적인 밀림을 품고 있는 거대한 섬의 위용을 확인할 수 있었다.

쿵, 쿵!

지면을 통해 전해지는 진동이 범상치 않다.

"전투 준비가 모두 끝났습니다."

개떡같이 말해도 철석같이 알아듣는다.

준형은 적에 대비한 진열을 갖춰 놓은 상태였다.

옅게 고개를 끄덕인 정훈은 여전히 정면에서 시선을 떼지 않았다.

콰앙!

멀게 느껴지던 굉음이 마침내 가까이서 들려왔다.

"오, 이런!"

입문자들의 놀란 신음이 울려 퍼졌다.

자욱한 흙먼지와 함께 모습을 드러낸 건 거인이었다.

50미터는 가뿐이 넘어 보이는, 암석을 깎아 만든 거인은 무려 6개의 팔을 지니고 있었다.

육손의 거병. 현재 그들이 정박한 콜키스 섬을 지키는 강력한 수호자 중 하나였다.

거인의 숫자는 그 팔의 개수와 마찬가지로 여섯.

"셋은 내가 맡을 테니 나머지 셋은 너희가 처리해라."

"알겠습니다."

어딜 봐도 강력해 보이는 존재를 셋이나 상대하라는 말에도 불평하지 않았다.

어차피 정훈이 없었다면 여섯을 감당해야 하는 것.

셋이나 맡아 준다니 감사할 따름이었다.

"모두 전투 준비!"

준형의 지시에 따라 강력한 기세의 폭풍이 몰아닥쳤다.

정훈의 무력이 워낙 압도적이어서 그렇지, 8막까지 성장해 온 입문자들의 힘도 보통은 아니었다.

콰콰쾅!

그들이 준비한 공격이 거병 하나에게 집중되며 강렬한 폭발을 일으켰다.

하지만 거병은 쉽게 쓰러지지 않았다.

8막의 시작을 알리는 시련답게 놀라운 방어력을 보이며 굳건히 버티고 서 있었다.

'저 정도도 감당하지 못할 정도면 여기서 죽어도 할 말은 없지.'

굳이 정훈이 셋만을 막겠다고 한 건 일종의 시험이었다.

지금껏 위기를 넘길 수 있었던 건 그의 활약 덕분이었다.

물론 관리자나 추가 시나리오를 건드린 탓에 평범한 입문자들의 수준으로 감당할 수 없는 게 당연한 일이긴 했다.

하지만 지금은 다르다.

충분히 그들의 힘만으로 막아야 하는 시련인 셈이다.

게다가 그나마도 피해를 최소화하기 위해 세 마리의 거병을 맡겠다고 했다.

고작 거병 셋을 감당하지 못할 정도라고 한다면 여기서 죽어도 할 말은 없을 것이다.

"쿠와와!"

세상이 떠나가라 괴성을 지른 거병이 6개의 팔을 놀려 공격을 해 왔다.

쿠콰콰콰쾅!

주먹이 부딪친 곳마다 거대한 크레이터가 생겨났다. 그 범위와 파괴력은 상상을 초월하는 정도였으나 이미 그 자리에 정훈은 없었다.

거병의 팔을 타고 올라간 정훈은 어느새 머리 위에 당도해 있었다.

"갈라져라."

가벼이 중얼거린 그가 오른손의 용광검을 힘껏 아래로 그 었다.

거병의 이마로부터 시작된 일직선의 선은 사타구니까지 이어졌고……

파팟!

거병의 몸이 두 쪽으로 나뉘어 지면으로 쓰러졌다.

가볍게 그었다고 생각할 수 없는 위력.

"쿠와악!"

동료의 죽음에 분개한 것일까. 양옆의 거병이 지축을 울리 며 다가와 주먹을 뻗었다.

오른손에 쥔 용광검, 그리고 왼손에 쥔 엑스칼리번을 한 번씩 휘둘렀다.

스걱.

거병의 허리를 가른 것으로도 모자라 인근의 울창한 삼림 을 베어 넘긴 검기는 마치 모든 것을 벨 때까진 멈추지 않겠 다는 듯 쾌속하게 나아갔다.

한 번에 하나.

고작 세 번 손을 쓰는 것으로 강력하기 짝이 없는 거병을 쓰러뜨렸다.

생각보다 강하지 않은 적이었던 걸까. 아니, 거병은 강하다.

8막에 등장하는 몬스터 중에서도 수위를 다툴 만큼 강력한 녀석이었다.

그것은 거병 셋을 상대로 고전을 면치 못하는 신살만 봐도 알 수 있는 사실이었다.

"피해!"

콰쾅!

6개의 팔에서 뿜어져 나오는 거력은 그들이 쉬이 감당할 수 있는 수준이 아니었다.

게다가 웬만한 공격은 우습게 넘겨 버리는 강력한 체력까지.

그들에겐 재앙이나 다를 바 없는 존재였다.

"흐아압!"

준형의 주먹에서 뻗어져 나온 강력한 기파가 거병의 오른쪽 어깨를 부숴 놓았다.

한때는 일개 지구인 나부랭이에 불과했던 준형의 활약은 신살 내에서도 눈부신 것이었다.

그를 중심으로 한 연계 공격은 서서히 효력을 보이며 거병들에게 타격을 주고 있었다.

'그래. 열심히 굴러라. 그만큼 너희가 성장할 수 있을 테니.'

설사 피해자가 발생한다 해도 돕는 일은 없을 것이다. 어디까지나 이번 무대는 그들을 시험하는 무대이자 성장의 발판을 다지기 위함이었으니 말이다.

철저한 정훈의 방관을 느낀 신살은 노력했다.

거병 셋을 쓰러뜨리기 위해 무려 1만 명의 부상자와 1,200명의 희생자가 발생했다.

물론 그 대가로 거병을 쓰러뜨리긴 했지만, 피해가 생각보다 막심했다.

촤르륵.

거병에 드롭한 다량의 전리품에도 침울한 분위기가 이어졌다.

희생자는 적지만, 대다수가 죽음에 가까운, 혹은 전투 불능의 부상을 입은 상태였기 때문이다.

"생각보다 피해가 막심합니다. 이대로 가다가는 전멸을 면치 못할 것 같습니다."

피해를 보고하던 대영이 준형에게 보고했다.

맞는 말이다.

앞으로도 이러한 적이 계속 나오고, 정훈이 방관을 하게 된다면 살아남을 자는 극소수일 수밖에 없을 것이다.

하지만 정훈에게 모든 적을 처리해 달라고도 할 수 없었다.

언제까지나 그의 힘에 의존할 순 없는 일 아닌가.

'그나저나 이들이 문제인데……'

준형의 시선은 고통에 찬 신음을 내뱉고 있는 부상자들이었다.

그나마 활동할 수 있는 이들을 제외하면 무려 7천 명 이상이 회복 불능의 피해를 입었다.

그들을 데리고 가는 건 짐이다.

하지만 여기서 버려 두고 가는 것 또한 준형의 신념에 위배되는 일이기도 하다.

고민이 많은 지 얼굴을 굳힌 그가 갈등하고 있을 때였다.

"소생의 기적."

담담히 울려 퍼진 음성과 함께 눈부신 광채가 피해자들 사이에서 뿜어져 나왔다.

"오오오!"

환희에 찬 탄성이 터져 나오고, 마침내 광채가 사라진 그곳을 바라보는 모두가 경악하고 말았다.

"맙소사!"

"기, 기적이다!"

내장이 손상당해 금방 죽을 것 같았던 이가 멀쩡한 모습으로 자리를 박차고 일어났다.

사지가 잘린 이들 또한 다시 돋아난 신체를 보며 경악하는 중이다.

준형을 비롯한 모두의 시선이 기적을 일으킨 당사자 정훈에게 향했다.

"부상자 정도는 얼마든지 치유해 주지."

기적을 일으켰다곤 상상도 할 수 없이 무덤덤한 음성이 흘러나올 뿐이었다.

"호, 혹시 죽은 사람도 살리는 게 가능하십니까?"

준형이 떨리는 음성으로 물었다.

다 죽어 가는 부상자를 살릴 수 있을 정도면 죽은 자들도 살릴 수 있지 않을까.

혹시 그것도 가능하지 않을까 기대를 했다.

"내가 신이 아닐진대 그런 게 가능할 턱이 없지."

하지만 들려온 대답은 실망스러운 것이었다.

"그렇군요."

사실 약간의 기대감을 가졌던 게 사실이나, 지금과 같은 대답을 듣게 될 거라 생각했다.

아무리 정훈이 대단한 능력을 지니고 있다 한들 같은 사람이다.

죽은 자를 살리는, 초월한 자의 권능을 사용할 수 있을 턱이 없었다.

"대충 정비가 완료됐으면 출발하지."

실망한 이들의 마음을 헤아려 줄 생각도 없이 곧장 출발을 종용했다.

휴식은 사치다.

정훈이 원하는 건 강행군. 그들의 성장을 위해서 한계까지 몰아가야 할 필요가 있었다.

"알겠습니다."

그래도 죽어 가는 7천 명의 부상자를 걱정할 필요는 없어졌다.

그것만으로도 충분히 만족한 준형은 지쳐 쓰러진 이들을 독려하며 이동을 강행했다.

거병은 시작이었다.

콜키스 섬의 밀림을 나아가는 신살 앞에 모습을 드러내는 건 다양한 몬스터 무리였다.

하피를 비롯한 외눈박이 괴물 싸이클롭스, 용의 이빨에서 태어난 용아병 등 강력한 몬스터가 시도 때도 없이 공격을 감행했다.

순간순간이 목숨이 오가는 치열한 전투가 이어졌다.

물론 정훈이 직접 나서 주었다면 그 모든 괴물의 공격으로부터 안전할 수 있었겠지만, 그런 일은 없었다.

그는 철저히 자신의 간극 안에 들어온 적들만을 공격했다. 당연히 나머지는 신살의 몫이었다.

하나하나가 입신의 능력치를 지닌 몬스터 군단의 습격에 부상자 및 희생자의 수가 늘어 갔다.

정훈과 달리 그들의 죽음이 온전히 자신의 책임인 것처럼 생각하던 준형은 열과 성을 다해 그들의 안전에 힘을 다했다.

그만의 노력만으로 되는 건 아니었다.

준형의 이러한 노력을 깨달은 입문자들은 어떻게든 피해를 최소화하기 위해 서로 간 협력을 다했고, 그 결과는 서서히 줄어드는 피해로 드러났다.

그 과정 중 목숨을 믿고 맡길 수 있는 동료애, 그리고 급격한 실력의 향상이 이루어졌다.

지금까지와 비교할 수 없을 정도로 몬스터가 드롭하는 전리품이 상당했다.

높은 등급의 각종 무구와 반드시 하나씩만 드롭되던 운명의 주사위도 다량으로 쏟아졌다.

마치 이번 무대를 통해 폭발적으로 성장하라는 듯한 그 배려에 힘입어 모두가 빠르게 성장할 수 있었다.

힘들지만 분명 얻는 건 있다.

그것이 무리한 강행군 속에서도 모두가 힘을 내어 전진할 수 있는 원동력이었다.

하나가 되어 가는 조직과 성장, 이 두 마리 토끼를 동시에 잡아 가며 전진하는 신살.

콰콰쾅!

멀리서도 들리는 거대한 폭음에 모두의 눈에 경계심이 깃들었다.

"가자."

줄곧 담담함을 유지하던 정훈이 곧장 폭음이 들리는 곳으로 신형을 날렸다.

함께 이동하자는 명령이 떨어졌다.

준형의 지시에 따라 전열을 재정비한 신살 또한 그의 뒤를 따라 움직이기 시작했다.

"크아악!"

"이게 무슨…… 끄윽!"

온갖 비명과 욕설이 난무하는 현장.

그곳에 있는 건 정훈과는 다른 차원에서 시나리오를 진행했던 입문자들이었다.

시작 지점이 달라 지금껏 만나진 못했으나 중앙에서 만나는 구조로 되어 있었던 밀림의 특성상 이렇듯 마주치게 된 것.

하지만 지금 그들은 누군가를 환영할 만한 상황이 아니었다.

푸확!

핏빛 기운에 휩싸인 검이 궤적을 그릴 때마다 검붉은 피보라가 공중을 수놓았다.

적은 몬스터가 아니었다.

주위의 입문자들을 거침없이 베어 넘기고 있는 건 같은 입문자, 핏빛으로 물든 눈동자를 지닌 흑발의 중년인이었다.

─죽여, 죽여, 죽여.

머릿속을 파고드는 의지에 따라 마구잡이로 검을 휘둘렀다.

하지만 그 위력마저 마구잡이인 건 아니었다.

명색이 8막까지 헤치고 나온 입문자 수십을 한 번에 베어 넘길 정도의 막강한 위력을 내포하고 있다.

그도 그럴 게 지금 살육을 펼치는 이는 이곳에 있는 입문 자들을 8막까지 끌고 온 수장이었다.

란트갈 대륙 출신의 오르돈.

소국의 왕이었던 그는 냉철한 판단력과 효율적인 움직임 으로 초반부터 빠르게 이계에 적응해 막강한 힘을 손에 넣을 수 있었다.

그 성장 배경에는 카인의 아이들이라는 시스템이 지대한 영향을 미쳤다.

사람들을 살해해 그 능력치를 흡수했다.

그 손에 죽은 이는 셀 수가 없을 정도. 그렇게 그는 계속해 서 살육을 자행했고, 마침내 금단의 힘을 손에 넣게 되었다.

살인의 아버지, 카인의 강림이었다.

아직 완전한 종속이 이루어지진 못했지만, 그가 강림한 것 으로 인해 정신은 점차 붕괴하였고 마침내 이곳에서 폭발하 게 된 것.

카인의 의지가 원하는 건 오직 하나.

눈에 보이는 모든 생명체를 죽음으로 인도하는 것이었다.

그 명령을 충실히 이행하게끔 강력한 능력을 부여했으며, 넘치는 힘을 마구잡이로 발산하고 있었다.

"소환에 응하지 않는다 했더니, 여기 있었군."

처참한 살육이 펼쳐지는 공간에 뛰어드는 이가 있었다.

근접한 거리에 있는 모든 생명체를 말살한다.

당연히 그는 오르돈의 목표가 될 수밖에 없었다.

캉!

지금껏 그 누구도 받아 내지 못했던 핏빛 검이 가로막히며 맑은 소리를 냈다.

오르돈의 붉은 안광이 그 주인에게 향했다.

엄청난 기운을 발산하는 2개의 검을 쥔 정훈이 있었다.

"그렇게 예민하게 반응할 필요 없어. 선물을 주려고 왔으니까."

손가락을 튕기자 맑은 금속성을 낸 무언가가 일직선으로 날아갔다.

위협용이 아닌 단순히 전달 목적이라는 것을 깨닫고는 신중히 낚아챘다.

손을 펴자 나온 건 반지였다.

해골 모양의 반지를 확인한 오르돈의 눈에 기광이 스치고 지나갔다.

"이것은!"

"너의 힘을 온전히 찾아 줄 물건이지."

그것은 카인의 반지였다.

과거, 카인을 소환하기 위한 의식을 진행했지만 실패하고 말았다.

처음엔 그 이유를 몰랐으나 눈앞의 오르돈을 본 순간 깨달았다.

카인의 의지가 이미 그에게 깃들어 있는 상태였기에 소환에 응하지 못한 것이다.

하지만 고작해야 의지가 깃든 수준. 그 정도론 정훈이 원하는 물건을 얻을 수 없다.

진정으로 필요한 것은 카인이라는 존재의 온전한 강림이었다.

카인의 반지는 그것을 완벽하게 이루어 줄 매개체가 될 것이다.

"크하하하!"

돌연 광소를 터뜨린 오르돈. 광기로 충혈된 눈은 핏물을 흘릴 것처럼 붉게 물들어 있었다.

"고맙다. 네 녀석이 누군지는 모르겠지만 이런 선물을 준비해 오다니. 그 대가로 가장 끔찍한 죽음을 선물해 주마."

그리 외친 오르돈이 왼손가락 검지에 반지를 끼워 넣었다.

촤촤촥.

오르돈의 칠공에서 뿜어져 나온 피가 보호막처럼 그의 주변을 감쌌다.

마치 펄떡대는 심장과도 같이 쿵쿵 대는 피의 막을 바라보던 주위 입문자들은…….

"이 개새끼!"

"죽엇!"

지금이 기회라 생각했는지 각자의 무기를 꼬나쥔 채 공격을 시작했다.

콰콰콰콰쾅!

살아남은 이들의 집중포화가 쏟아졌다.

과연 8막까지 살아남은 이들답게 강력하다는 말 이외엔 표현할 수밖에 없는 강력한 공격.

'의미 없는 짓이지.'

정훈은 알고 있었다, 그 모든 공격이 소용이 없다는 것을.

피의 막은 얇고 부실해 보이나 모든 공격으로부터 주인을 보호하는 특별한 성질을 지니고 있었다.

"말도 안 돼……."

"어떻게 이런……."

흙먼지가 걷히고 드러난 광경에 모두가 아연실색했다.

그들의 집중 공격에도 피의 막은 멀쩡했다. 아니, 오히려 조금 전보다 크기가 더욱 커진 듯 보였다.

"도, 도망 가, 도망쳐!"

엄습하는 불안감을 느낀 입문자들이 선택한 건 도주였다.

피의 막의 벗겨지는 순간 이곳에 있는 모든 이들이 죽을 거라는 걸 직감했기 때문이다.

"수습하겠습니다."

어느새 다가온 준형은 대충 돌아가는 판을 이해한 듯 짧게 말했다.

별다른 대답이 없자 준형과 신살이 움직였다.

제각기 흩어지는 입문자들을 잡아 진정시킨다.

그런 그들의 목적이야 빤했다.

수장을 잃은 채 뿔뿔이 흩어지는 이들을 고스란히 흡수하려는 것이었다.

촤악!

신살이 입문자들을 수습하고 있는 사이, 피의 막을 찢고 모습을 드러내는 존재가 있었다.

"핫! 이 싱그러운 공기를 다시 맡게 될 줄이야."

온몸이 피로 물든 사내는 조금 전의 오르돈이 아니었다.

진한 회색빛의 머리칼 사이로 드러난 얼굴이 젊다.

조금 마른 편의 체형을 지닌 그는 한 손엔 기형적으로 휘어진 단도를 들고 있었다.

카인.

동생 아벨을 살해한 최초의 살인자. 초월자의 강력한 저주로 인해 죽음의 안식을 얻지 못하는 불멸자. 살인의 신.

온전한 강림을 이룬 카인은 관리자 못지않은 강력한 힘을 지닌 존재였다.

"모두 네 덕분이다. 고맙다."

그리 말한 카인이 단도를 쥔 손을 움직였다.

후웅후웅.

그 주변으로 숫자를 셀 수 없을 정도로 많은 나선형의 기가 생성되었다.

"보답으로 재밌는 걸 보여 주마."

그의 손짓에 따라 나선형의 기가 주변으로 뻗어 나갔다.

뻗어 가던 그것이 점차 증식한다.

수천, 수만, 수십만으로 불어난 기는 주변에 있는 입문자들을 향해 쇄도하고 있었다.

카카카캉!

하지만 정훈이 발현한 무한궤적은 그 모든 공격으로부터 입문자들을 보호했다.

"호오?"

흥미로운 카인의 시선이 뒤따랐다.

"네 녀석의 피 맛은 더욱 각별하겠구나!"

목표가 바뀌었다.

살의로 번뜩이는 눈을 빛낸 그의 신형이 사라졌다.

팟!

공간을 접어 든 카인의 신형은 어느새 정훈을 코앞에 두고 있었다.

빠르다. 그 움직임을 쫓는다면 이미 목숨을 잃은 뒤일 것이다.

놀라운 움직임을 보인 그의 손이 번뜩였다.

캉!

두 검이 충돌하면서 불똥이 튀었다.

"좋아, 좋아!"

뭐가 그리 좋은지 연신 좋다고 외친 카인의 공격이 마구잡이로 정훈의 전신을 강타하기 시작했다.

그것은 정교한 검술이라 부를 수 없는 것이었다.

어떠한 형식도 없는, 지극히 본능적이고 상대를 죽이려는 살의가 충만한, 흡사 먹이를 노리는 포식자의 몸놀림과 같았다.

'팬드래건과 비슷한, 아니, 그 이상인가.'

카인과의 공방전을 통해 느낄 수 있었던 건 조금 전 상대했던 우서 팬드래건보다 뛰어나다는 것이었다.

과연 살인의 아버지답게 그 힘은 상상을 초월하는 수준이었다.

조금 전의 정훈이라면 당할 수밖에 없겠지만, 지금은 다르다.

태초급의 무기 엑스칼리번을 얻은 그의 무력은 또 한 단계 진보했다.

카앙!

덮쳐 오는 카인의 단도를 밀어낸 후 자세를 잡았다.

'빠르게!'

양손에 쥔 쌍검을 휘두른다.

카인과 같이 형식은 없다.

오직 빠르게 휘두르겠다는 의지를 실어 계속 휘둘렀다.

카카카카카캉.

이제는 처지가 바뀌어 육안으론 쫓을 수 없는 궤적이 쉴 새 카인의 전신을 때렸다.

빠르다. 아니, 그건 이제 속도라 부를 수 없는 것이었다.

의지가 이는 순간 이미 검은 카인을 베고 있었다.

놀라운 건 점차 그 속도가 빨라진다는 것이다.

빠르게, 더 빠르게. 오직 속도만을 중시한 정훈의 의지는 새로운 영역을 개척하고 있었다.

서걱.

마침내 그의 검이 카인의 목을 베었다.

지면을 구르는 머리. 하지만 정훈의 신경은 여전히 전투태세를 유지하고 있었다.

"과연! 놀라운 실력이로구나."

지면을 구르는 카인의 머리가 말을 하고 있었다.

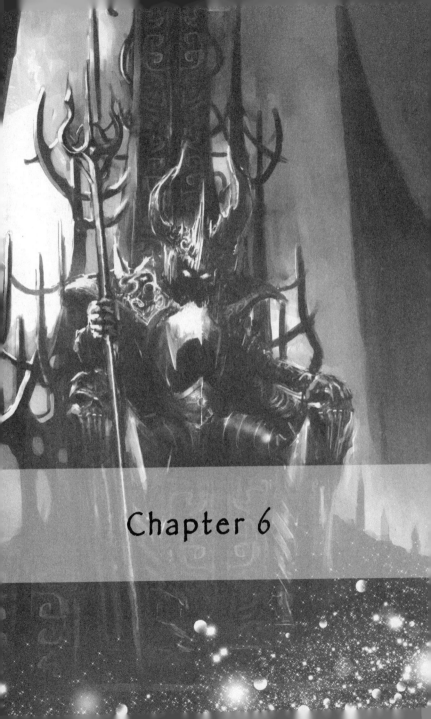

Chapter 6

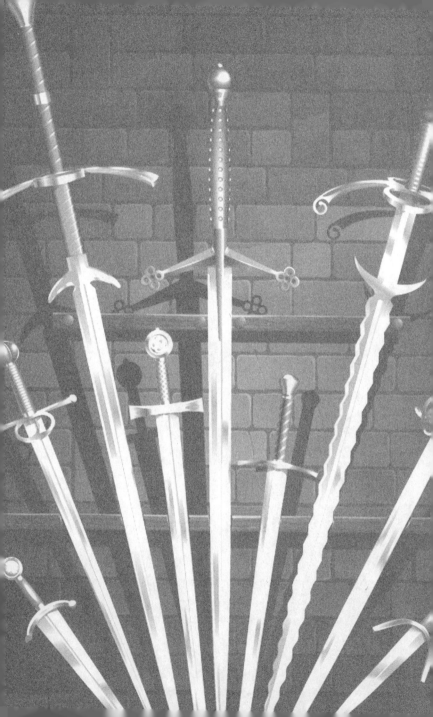

하지만 그 괴이한 광경에도 정훈은 담담했다.

예상을 하고 있었기 때문에 취할 수 있는 태도였다.

카인은 최초의 살인, 동생을 죽인 죄로 불멸의 저주를 받은 몸.

그 어떠한 공격으로도 그를 죽음으로 이끄는 건 불가능한 일이었다.

"허나 안타깝게도 이 몸은 불멸자. 네 녀석의 알량한 재주로는 날 죽일 수 없다."

익히 알고 있던 사실이었다.

카인의 말에도 아랑곳하지 않았다.

베고, 베고 또 벤다. 수없이 많은 궤적이 카인의 육신을 난도질했다.

어떠한 형상조차 남기지 못한 카인의 육신이 사라졌다.

오직 그곳에 있는 거라곤 그가 쥐고 있었던 단도뿐.

촤롸롹.

허공에 생성된 피 한 방울이 그 촉수를 펼치듯 넓게 영역을 확장했다.

피는 뼈가 되고, 뼈에 살이 붙었다.

찰나의 순간 카인의 육신이 재구성되었다.

"고맙다. 네 덕분에 더욱 강력한 힘을 손에 넣게 되었구나."

카인의 말은 진심이었다.

그가 지닌 놀라운 특성에는 불멸도 있지만, 육신이 재구성될 경우 이전보다 더욱 강력한 육신을 가지게 된다는 것도 있었다.

죽이면 죽일수록 더욱 강해지는 존재.

하지만 죽일 수 없는 존재. 그것이 바로 카인이 지닌 사기적인 특성이었다.

"네놈의 그 변태 같은 특성은 잘 알고 있지."

그 모든 것을 알고 있으면서도 정훈은 담담하기 그지없었다.

"그렇다면 네 녀석이 곧 죽을 거라는 사실도 알고 있겠구나?"

오른손에 쥔 단도로 혀를 날름거리려던 카인.

하지만 그는 문득 허전한 기운에 손을 바라봐야 했다.

없다. 항상 그와 같이했던 단도가 없었다.

"이걸 찾고 있나?"

조금 전 바닥에 떨어진 단도를 쥔 채 흔들고 있었다.

"내놓아라!"

분노한 카인이 공간을 접어들며 쇄도했지만, 정훈의 삼안은 이미 그 동선을 알려 주었다.

퍽!

발길질이 정확히 명치를 가격했다.

엄청난 충격에 의해 저 멀리 날아간 카인이 밀림의 구석에 처박혔다.

카인의 검

등급 : 태초
효과 : 모든 존재를 멸한다
설명 : 이 세계에 존재하는 모든 존재를 죽일 수 있는 단 하나의 검

카인의 검에 대한 것은 이미 오르비스의 정보를 통해 알고 있었다.

태초 등급의 무기지만 오직 하나의 효과를 지닌 검.

그 효과란 건 다름 아닌 모든 존재를 멸할 수 있다는 것이다.

"죽여 버리겠다!"

극도의 흥분 상태가 된 카인이 고함을 질렀다.

줄기줄기 뿜어져 나오는 핏빛 기운이 절정에 이르렀다.

만약 주변에 누군가 있어 그 기세에 노출되었다면 그 즉시 심장이 멎을 정도로 강력한 기세였다.

"고작 그 정도론 날 넘을 수 없지."

불과 조금 전, 팬드래건에게 당했던 정훈은 이 자리에 없다.

자신, 아니, 신마와 펜드래건의 격전을 통해 또 한 번 발전한 그는 놀랍도록 달라져 있었다.

고오오.

평소엔 잠들어 있는 본연의 기세가 둑을 무너뜨린 것처럼 맹렬하게 새어 나왔다.

"무, 무슨……."

그 기세는 카인의 살의를 완전히 잠재울 정도였다.

맹렬한 속도로 달려가던 카인의 육신이 거친 파도에 난파된 배처럼 비틀대기 시작했다.

푸욱.

기세에 압도된 순간 이미 승패는 결정난 것이나 다름없었다.

정훈의 검이, 아니 본래는 카인의 소유였던 단도가 복부를 꿰뚫었다.

"누구든 죽일 수 있는 단도와 절대로 죽지 않는 불멸자. 과연 승자는 누구일까?"

이미 결과를 알고 있는 물음이었다.

"제기랄!"

카인의 외마디 비명과 함께 변화가 일어나기 시작했다.

단도가 닿은 부위를 시작으로 검은 핏줄과 같은 흔적이 카인의 육신에 생겨났다.

치이익.

카인의 혈액에 반응한 단도가 녹아내렸고, 육신의 변화는 가속화되었다.

마침내 단도가 모두 녹았을 무렵…….

퍼펑!

폭발이 일어났다.

그 폭발의 영향으로 육신의 파편이 사방으로 날렸고, 그것은 곧 카인의 완전한 소멸을 의미하는 것이었다.

모든 존재를 멸하는 카인의 검, 그리고 절대로 죽지 않는 불멸자 카인.

이 둘의 충돌은 공멸을 이끌었다.

카인도 그리고 그의 검도 소멸하고 만 것이다.

최초의 살인자가 되어 영겁의 세월 동안 수많은 살육을 자행해 온 카인은 마침내 죽음을 맞이했다.

촤륵.

호랑이는 죽어서 가죽을 남기고, 몬스터는 죽어서 아이템을 떨군다.

카인 또한 이계에선 몬스터로 인식되는 적.

그가 남긴 전리품이 지면을 장식했다.

－전체 안내 발송.

－지구 소속 입문자 한정훈이 살인의 아버지, 카인 처치에 성공.

－그 누구도 벗어나지 못했던 살인의 업을 지워 버린 입문자 한정훈에게 원하는 능력치 3개를 격상시킬 수 있는 혜택 부여.

－'언령 : 살인자' 부여.

전체 안내로 발송될 정도로 놀라운 업적을 달성했으나 고정 보상은 단 하나였다.

물론 실망하는 일은 없다.

사실 이 한 가지 보상을 위해 카인을 찾아다닌 것이었으니 말이다.

언령 : 살인자
획득 경로 : 최초의 살인자, 카인 처치 **각인 능력** : 모든 존재를 멸할 자격 획득

이계에는 다양한 능력을 지닌 존재가 있다.

그중에서도 가장 까다로운 적은 카인과 같은 불멸의 특성을 지닌 존재들이라 할 수 있다.

지금이야 이 사기적인 특성을 지닌 존재가 소수에 불과했지만, 앞으로는 숱하게 상대해야 한다.

그것을 알기에 살인자라는 언령을 얻기 위해 그토록 노력한 것이었다.

'그리고 이것.'

광채를 발산하고 있는 수많은 전리품 중 그의 시선이 향한 곳은 목함이었다.

아무런 잠금장치도 없는 목함의 뚜껑에는 하얀 글씨로 천天자가 새겨져 있었다.

지금이라면 열 수 있지 않을까.

부쩍 힘에 대한 자신감이 늘어난 그는 예전에는 생각하지도 않았던 일을 시행했다.

힘을 주어 목함을 열었지만 꿈쩍도 하지 않았다.

무한한 힘을 자랑하는 정훈으로서도 열 수 없다면 사실상 강제로 여는 건 불가능하다는 것을 뜻했다.

'역시 정석대로 가야겠군.'

이렇게 될 거란 걸 알고 있었지만, 실망감이 드는 건 어쩔 수 없었다.

정석대로란 건 그만큼 험난한 과정을 거쳐야 한다는 것을 뜻하는 것이기에.

아벨. 하늘의 사랑을 받은 자.

카인에 의해 억울한 죽음을 맞이해야 했던 그의 흔적을 찾아야 할 때였다.

'일단은 그 전에……'

물론 당장 눈앞에 닥친 황금 양피를 구하는 일이 우선이겠지만 말이다.

처음 8막에 도착했을 때만 해도 신살의 규모는 12만 명이었다.

하지만 밀림을 나아가면서 맞닥뜨린 몬스터를 상대하느라 점차 피해가 누적되었고, 그 사상자 수는 10만에 달했다.

그런데 지금 목적지에 다다른 신살의 규모는 늘면 늘었지 절대 줄어든 수가 아니었다.

그도 그럴 게 중앙으로 다가가면서 만난 입문자들을 흡수해 규모를 늘렸기 때문이다.

그 규모는 무려 50만에 달했다.

당연한 일이다.

8막은 뒤틀린 차원으로 나뉘어져 있었던 모든 입문자들이 모이는 하나의 역.

지금까지 살아남은 모든 차원의 생존자가 모이는 무대였기 때문이다.

정확히 하나의 세력, 신살로 거듭난 510,874명이 이계에서 살아남은 모든 생존자의 수였다.

물론 지금껏 일면식도 없는, 전혀 다른 공간과 시간을 헤치고 나온 이들을 끌어들이는 게 그리 쉽지만은 않았다.

어쩔 수 없는 여러 잡음이 생겨났다.

하지만 정훈의 신위는 그 모든 것을 압도했다.

특히 강력한 반발이 예상됐던 이스턴 출신은 오래 동안 모셔온 주군을 만난 듯 성심을 다해 정훈을 보필했다.

고금제일인이라는 언령으로 생겨난 부가적인 효과였다.

그 과정이 어찌 됐든 이로써 신살은 이계로 소환된 모든 생존자들이 이룬 단 하나의 세력으로 거듭난 것이었다.

마침내 하나가 된 차원.

하지만 하나의 세력으로 탄생했다는 기쁨은 잠시에 불과했다.

"드르렁."

코골이다. 하지만 그건 일반적으로 생각할 수 있는 소음 수준이 아니었다.

한 번 숨을 들이쉴 때마다 엄청난 흡입력에 대기가 들썩인다.

숨을 내뱉을 땐 어떤가.

마치 폭풍이 일어난 것처럼 뜨거운 바람이 공간을 잠식했다.

"저, 저건……?"

마침내 목적한 곳에 도착한 이들은 경악을 금치 못했다.

정면에 몸을 따린 채 잠을 청하고 있는 괴물이 있었다.

그것은 태산을 연상케 하는 거대한 덩치와 황금빛 비늘을 자랑하는 드래곤이었다.

드래곤이란 게 흔한 건 아니지만, 몇 번 견식을 한 적은 있다.

하지만 이토록 거대한 위용을, 게다가 무시무시한 기운을 풍겨대는 존재는 한 번도 접한 적이 없었다.

산전수전을 다 겪어 본 입문자들의 입에서도 괴물이란 말이 절로 나올 정도의 그야말로 괴물이었다.

하지만 정훈은 그 존재감에 압도되지 않았다.

그의 시선은 거대한 황금용이 아닌 대가리 밑에 놓인 광채를 뽐내는 양피羊皮를 향해 있었다.

"공격을 준비할까요?"

마찬가지로 황금 양피를 발견한 준형의 물음에 곧바로 고갤 저었다.

"아니. 섣불리 공격했다간 남 좋은 일만 시켜 주는 셈이라서."

그 말뜻을 단박에 파악한 준형의 날카로운 시선이 주변을 훑었다.

하지만 그 어느 곳에서도 다른 이의 기척은 느껴지지 않았다.

"그렇게 둘러봐야 소용없어. 이미 마법의 권능으로 흔적을 지워 버렸으니까."

삼안을 개안하지 않았다면 정훈조차도 결코 알아채지 못할 정도의 미약한 흔적이었다.

그러니 준형을 비롯한 입문자들이 눈치채기엔 너무도 은밀한 것이었다.

"아무래도 녀석들을 좀 이용해야겠어."

정훈의 입가에 옅은 미소가 그려졌다.

'또 대단한 사고를 하나 터뜨리실 모양이로군.'

그 미소를 발견한 준형이 어색한 미소를 띠었다.

정훈이 항상 저 미소를 그릴 때마다 사고를 쳤던 기억이 불현듯 떠오른 것이다.

물론 아군에게 해가 되진 않겠지만, 불안감이 엄습하는 것을 막을 도리는 없었다.

"괜한 사고에 휘말리지 않도록 진영을 뒤로 물려."

"알겠습니다."

배려를 해 줄 때 알아서 물러나는 것이 올바른 길.

곧장 대답한 준형은 빠르게 진영을 뒤로 물렸다.

'저렇게 뒤로 물릴 필요는 없는데.'

생각보다 훨씬 멀리 물러나는 진영을 바라보던 그는 준형의 불안함을 얼핏 이해할 수 있었다.

여전히 지워지지 않은 미소로 한 곳을 바라본다.

거대한 황금용이 지키는 반대편. 울창한 삼림만이 이어진 그 풍경을 바라보던 그의 미소가 더욱 짙어졌다.

'인사 정도는 해 주는 게 예의겠지.'

양손에 가득 담은 혼돈의 기운.

그 절대적인 기운을 인사라 생각할 수 있는 이는 이 세상에 없을 것이다.

콰아아.

두 손을 내뻗자 어마어마한 기운의 소용돌이가 정면으로 뻗어 나갔다.

"아니, 어떻게!"

외마디 비명을 지르며 사방으로 흩어지는 그림자.

콰쾅!

혼돈의 기운은 닿는 모든 것을 파괴하며 나아갔다.

하지만 목표는 이미 사방으로 흩어진 지 오래.

물론 그건 예측한 바, 지금 펼친 공격은 인사치레에 불과했다.

"어떻게 내 은신 마법을 알아챈 거지?"

"거봐, 보통 놈이 아니라고 말했잖아."

"흥미로운 상대가 나타났군."

마침내 모습을 드러내는 이들.

저마다 다른 개성을 지닌 사내들은 하나하나가 능히 대종사의 영역에 달할 정도의 기세를 풍기고 있었다.

"반갑다, 아르고 원정대."

옅은 미소를 지은 정훈이 먼저 인사를 건넸다.

그는 눈앞의 사내들이 누구인지 잘 알고 있었다.

그들은 영웅 중에서도 특별히 엄선된 자들, 아르고 원정대에 속한 50명의 영웅들이었다.

아르고 원정대를 조직한 리더인 이아손의 왕위를 찾아 주기 위해 모인 영웅들.

그 면면을 확인해 보면 화려하기 그지없다.

제우스의 아들이자 무용에 관해선 최강의 영웅인 헤라클래스.

아직은 태어나지 않은 위대한 영웅 아킬레우스의 아버지이며 검술의 대가 펠레우스.

머리는 사자, 몸통은 염소, 꼬리는 뱀의 것으로 이루어진 강력한 괴물 키마이라를 처치한 영웅 벨레로폰.

아폴론과 활 시합을 벌였을 정도로 명사수인 클뤼티오스.

강대한 마력을 지닌 마녀 메데이아.

천부적인 사냥꾼의 감각을 타고난 멜레아그로스.

무투술의 대가이자 헤파이토스가 제작한 쇠주먹을 오른손에 단 폴리데우케스.

북풍의 신 보레아스의 아들이자 바람의 권능을 다루는 보레아드.

투창의 명수이자 창술의 대가인 아카스토스.

아르테미스의 축복을 받아 굉장한 육신의 힘을 부여받은 아탈란테.

대표적인 영웅 열 명 이외에도 다들 다양한 능력을 지닌, 능히 세상을 뒤엎을 만한 대단한 영웅들이 포진해 있었다.

"왜 병력을 뒤로 물린 거지? 설마 우릴 혼자서 상대하겠단 생각은 아니겠지?"

아르고 원정대의 리더이기도 한 이아손이 물었다.

의심이 많은 그로썬 의문일 수밖에 없었다.

적이 있다는 것을 눈치챘으면서도 병력을 뒤로 물리는 어리석은 일을 행하다니.

뭔가 꿍꿍이가 있다고 생각한 것이다.

"고작 너흴 상대하는 데 저 많은 손을 빌리긴 그렇잖아?"

"이 녀석!"

정훈의 도발에 넘어간 건 원정대 중에서 가장 단순하지만, 또한 가장 강력한 무력을 지닌 헤라클레스였다.

보통의 성인보다 족히 배는 커 보이는 육중한 근육질의 사내가 맹렬한 속도로 쇄도했다.

최강의 영웅이라 불러도 손색이 없는 폭발적인 속도.

그 강대한 힘은 오직 정훈을 위한 것이었다.

쾅!

주먹과 주먹이 부딪치며 강렬한 폭음을 냈다.

"크읍!"

적어도 근력에 관해선 세상의 모든 것을 압도한다고 생각했던 헤라클레스는 새로운 세계를 경험할 수밖에 없었다.

터질 듯 부풀어 오른 근육 너머로 상대의 팔이 보인다.

젖 먹던 힘까지 쥐어짜 내고 있는 그와는 달리 정훈의 표정은 더없이 평온하기만 했다.

근력은 순수한 능력치의 수치로 볼 수 있다.

현재 헤라클레스의 근력은 현신의 1단계.

하지만 정훈은 무려 현신의 4단계에 이르러 있었다.

그 차이는 하늘과 땅 만큼이라 봐도 무방한 것.

퍼억.

안간힘을 쓰는 헤라클레스의 안면에 주먹이 꽂혔다.

"헤라클레스!"

동료의 위기를 본 원정대의 영웅들이 각자가 발현할 수 있는 강력한 마법과 화살, 그리고 투창으로 지원사격을 펼쳤다.

그 순간 정훈의 눈이 빛났다.

마침내 노리고 있었던 광경이 펼쳐진 것이다.

"하압!"

바람을, 아니, 장내의 흐름을 지배한다.

그의 손짓에 따라 일어난 기세는 적들의 공격을 상쇄하는 게 아닌 특정한 방향으로 이끌었다.

그것은 신마가 펼쳤던 공부 중 하나인 이화접목移花接木이라는 수였다.

상대의 공격으로 적을 친다.

정훈이 그린 그림은 영웅들이 펼친 공격으로 황금용을 공격하는 것이었다.

콰앙!

결과는 그의 예상대로였다.

영웅들의 공격은 정확히 황금용을 강타했고, 그 충격은 잠들어 있던 괴물을 깨우기에 충분한 것이었다.

"크와아아아!"

모든 생물체의 근원적인 공포를 끌어내는 드래곤 피어가 사방으로 뻗어 나갔다.

"커흑!"

"크헉!"

아무리 대단한 영웅들이라곤 하나 황금 양피를 지키는 황금용의 권능 앞에선 맥을 추지 못했다.

피어가 일으킨 효과는 모든 능력치를 감소시키는 단순한 것이었다.

하지만 그 감소의 폭이 50퍼센트라면 단순하다고 표현할 순 없을 것이다.

'역시. 내겐 소용이 없군.'

모든 영웅들이 괴로워 비틀거릴 때도 정훈은 멀쩡했다.

애초에 피어라는 건 자신보다 하위의 존재에게나 통하는 것으로, 황금용보다 더욱 강력한 존재감을 지니게 된 정훈에게는 아무런 소용이 없었다.

쿵쿵.

피어를 뿌린 황금용이 영웅들을 향해 움직이기 시작했다

가장 가까이에 있던 정훈을 아랑곳하지 않는다.

황금용은 처음 공격한 이와 그 일행을 공격하는 특성을 지니고 있었던 것.

만약 정훈이 선공을 가했더라면 그와 신살이 목표가 되었을 터였다.

그렇기에 아르고 원정대도 숨어서 때를 기다리고 있었지만, 그들보다 정훈의 실력과 꾀가 더욱 돋보였다.

"사악한 용이여, 잠들어라."

물론 아르고 원정대도 만약의 사태에 대비하기 위한 비장의 수를 준비하고 있었던 터였다.

비록 공격적인 부분에서 취약점을 보이나 다양한 효과의 마법을 익히고 있었던 메데이아가 드래곤을 잠들게 하는 술법을 발휘한 것이다.

모든 용족을 잠재우는 강력한 마법은 황금용마저도 수마에 빠지도록 만들었다.

"그렇겐 안 되지."

어느새 멀리, 황금 양피로 접근한 그가 권압을 이용해 황금 양피를 저 멀리, 아르고 원정대가 있는 곳으로 날려 보냈다.

얼떨결에 그것을 받은 헤라클레스.

"이런 미친! 그걸 왜 받아, 이 병신아!"

메데이아는 그간 사랑하는 이아손의 앞이라 참고 있었던 욕설을 내뱉었다.

하지만 누구도 그녀를 욕하지 못했다.

황금 양피를 지키는 사명을 지닌 황금용이 깨어나 그 사나운 눈길로 원정대를 응시하고 있었기 때문이다.

분노한 황금용의 눈동자가 오직 황금빛 색채로 물들고…….

쩌억.

한껏 벌린 입에서 파괴의 기운을 담은 황금빛 광채가, 모든 것을 말살하는 파괴의 브레스가 전방 부채꼴 범위로 퍼져 나갔다.

"피하기엔 늦었어. 보호막을……!"

시기적절한 이아손의 명령에 따라 마법의 권능을 지닌 영웅들이 겹겹이 보호막을 발현했다.

그래도 명색이 세기를 대표하는 영웅들의 모임. 그 강력한 보호막은 파괴의 광선 앞에서 그들을 지켜 줄 정도는 되었다.

단 하나의 변수를 제외한다면 말이다.

"수고했다."

파괴의 광선이 닿지 않는 범위에서 손을 흔들고 있는 정훈이 있었다.

찌르기. 어찌 보면 그냥 일반적인 것으로 보이나 그 한 점에 담긴 위력은 뭐라 형용할 수 없이 강대한 것이었다.

파괴의 광선속을 파고든 일점一點은 원정대가 발현한 보호막에 미세한 균열을 일으켰다.

정훈의 전력이 담긴 공격을 막아 낸 것.

과연 그 능력이 대단한 영웅들이라 할 만했다.

황금용과 함께 그들을 대적했다면 승리는 할 수 있을지언정 궤멸에 가까운 타격을 면치 못했을 것이다.

'이제 그럴 일은 없지.'

보호막에 균열이 일게 한 것만으로 충분했다.

"이노옴!"

이아손의 괴성과 함께 파괴의 광선이 보호막을 산산이 부셔버렸다.

아무리 강력한 영웅들이라 한들 맨몸으로 파괴의 광선을 받아 내는 건 불가능한 일.

그렇게 50명의 영웅은 소멸을 맞이했다.

"크르르."

하지만 안심하기엔 이르다.

아르고 원정대를 제거한 황금용의 다음 목표가 정훈과 신살이 될 것이 뻔했기 때문이다.

과연 그 말을 틀리지 않았다.

고개를 돌린 황금용이 거대한 아가리를 벌리며 강철과도

같은 송곳니를 드러내고 있었다.

쿠웅!

하지만 곧바로 공격하는 일은 없었다.

그 거대한 앞발을 지면에 찍어 진동을 일으켰고, 곧 놀라운 광경이 펼쳐졌다.

반경 100미터에 그려지는 황금색 원. 그리고 지면을 가득 장식하는 건 고대의 룬 문자였다.

'시작됐군.'

황금용은 정해진 패턴대로 움직인다.

첫 공격은 파괴 광선이다.

강력한 권능인 만큼 하루에 한 번밖에 사용하지 못한다.

아르고 원정대를 이용한 건 바로 이 파괴의 광선을 소비시키기 위함이었다.

아무리 정훈이라 해도 황금용이 발현한 파괴의 광선을 온전히 막는 건 불가능했고, 이때 생겨나는 피해자를 줄이기 위한 계책일 뿐이었다.

의도는 성공했다. 그러나 아직 모든 게 끝난 건 아니었다.

그 두 번째 패턴이 바로 지면에 생겨지는 마법진, 황금 용 아병 소환이었다.

-준형, 준비는 끝났나?

전장에서 멀찍이 대기하고 있을 준형에게 의지를 전달했다.

-진즉 끝냈습니다. 말했던 패턴이 시작되는군요?

-그래. 1마리도 들여보내선 안 된다.

-걱정하지 마십시오. 목숨을 걸어서라도 녀석들의 접근을 저지하겠습니다.

분명 정훈의 무력은 황금용을 압도한다.

하지만 일격에 베거나 하는 등의 간단히 승부를 지을 순 없었고, 조금의 시간이 필요했다.

그렇기에 황금용만 상대하는 거라면 문제는 없다.

문제는 마법진에 의해 탄생한 황금 용아병들이었다.

1킬로미터 밖에서 생성된 수만의 황금 용아병 군대는 마법진에 이끌려 이곳으로 다가오고 있을 터였다.

황금용이 발현한 이 고대의 마법진은 황금 용아병을 강화시키는 마법.

마법진에 닿은 용아병은 강력한 힘을 부여 받아 언데드 드래곤으로 재탄생하게 된다.

그 힘은 황금용의 50퍼센트에 달하는 정도.

때문에 하나라도 마법진에 접근시켰다간 승부가 길어져 결국 패배할 수밖에 없는 상황으로 치닫게 되는 것이다.

그것은 정훈이라고 해서 예외는 아니었다.

1~2마리 정도는 접근 시켜도 능히 이길 수 있겠으나 그만큼 시간이 길어지게 되고, 결국 대량의 언데드 드래곤이 탄생하는 시나리오로 흘러가게 될 수밖에 없다.

어떻게든 황금 용아병을 접근시켜선 안 된다.

물론 그 역할은 주변에 진을 친 신살이 맡아야만 했다.

-믿겠다.

그 말을 끝으로 의지를 전달하는 것을 끊었다.

쾅앙!

놀라운 속도로 접근한 황금용이 앞발을 찍었기 때문이다.

그 영향 범위를 피했지만, 충격파가 전해져 온다.

아무리 튼실한 육신을 지니고 있다 한들 저 강력한 공격을 정면으로 맞았다간 그대로 콩가루가 되고 말 터였다.

"천지양단天地兩斷."

당하고만 있을 정훈이 아니었다.

수직으로 그어진 검은 황금용을 그리고 천지를 양단했다.

"카악!"

하지만 황금용의 육신이 갈라지는 일은 없었다. 놀랍게도 생채기 하나 없다.

그도 그럴 게 황금용을 덮고 있는 저 비늘은 그 무엇으로도 뚫을 수 없는 절대의 갑옷.

정훈의 힘이 아무리 대단하다 한들 그것을 뚫을 수 없었다.

물론 고통에 찬 울부짖음을 보면 알 수 있지만, 아예 타격을 주지 않은 건 아니다.

비늘은 절삭이나 관통에서부터 황금용을 보호해 주긴 하지만 그 충격을 완전히 흡수하진 않는다.

'관건은 최대한 많은 피해를 주는 것.'

단숨에 죽일 순 없다. 하지만 타격은 계속해서 쌓인다.

정훈이 해야 할 일은 황금용이 강제 수면에 들어갈 정도로 타격을 주는 것.

물론 그 과정이 쉬울 턱이 없었다.

화아아.

마법진에서 흘러나온 광채가 황금용을 감쌌다.

그것은 마법진에 포함된 회복 마법으로 조금 전 정훈이 준 피해를 온전히 회복하는 과정이었다.

이뿐만이 아니다. 마법진에는 황금용 자체를 강화하는 권능도 포함되어 있었다.

물론 해결책은 있다.

황금용을 마법진 밖으로 빼내는 것. 그렇게 회복 마법의 영향을 받지 않기 때문에 수월하게 타격을 쌓을 수 있을 터였다.

쿠쾅!

황금용의 공격이 이어졌지만, 정훈은 마법진 밖으로 몸을 빼내지 않았다.

그럴 수밖에 없는 게 황금용을 마법진에서 빼내지 않고 쓰러뜨리는 것이 바로 관리자를 소환하는 특수한 조건 중 하나였기 때문이다.

'생각보다 긴 승부가 될지도.'

지금 이 순간, 정훈은 생각했던 것보다 더욱 승부가 길어질지도 모른다고 생각할 수밖에 없었다.

마치 보물이 다가오는 것처럼 찬란한 황금빛 광채가 주변으로 드리웠다.

하지만 그 영역에 있는 신살은 마냥 웃을 수가 없었다.

황금빛 광채는 강력한 적, 황금 용아병의 등장을 알리는 것이었기 때문이다.

이미 정훈을 통해 이 강력한 괴물들에 대한 정보를 들었던 터.

모두가 긴장된 시선으로 주변을 경계했다.

마침내 그 황금빛이 절정에 이르렀을 무렵 마침내 나타난 존재는 성인의 두 배는 됨직한 골격의 해골이었다.

일반적인 언데드 계열의 해골과는 다른 점이라면 뼈마디 곳곳에 기하학적인 룬어가 기록되었다는 것, 그리고 골격이 황금색 광채를 발한다는 점일 것이다.

"돌격!"

그 존재를 확인한 순간 준형의 명령이 뒤따랐다.

미리 대기하고 있던 거대한 방패병 선발대가 거대한 사각 방패를 내세운 채 황금 용아병에게 돌진했다.

그 움직임은 상당히 신속했으나 황금 용아병의 능력은 이곳의 입문자들을 압도했다.

콰앙!

각자가 쥔 무기가 방패를 강타하는 순간 폭음과 함께 방패가 산산이 부서졌다.

다행히 한 번의 공격은 막았으나 이어지는 공격엔 무너질 수밖에 없으리라.

"후퇴!"

무리한 공격은 없었다.

한 번 그들과 부딪친 방패병은 미련 없이 등을 돌렸고, 이동에 관한한 그리 빠르지 않은 황금 용아병은 그 뒤를 쫓지 못했다.

"이진二陣 돌격!"

일진이 무너졌다. 이제는 이진이 나서야 할 차례.

두두두.

지축을 뒤흔드는 진동과 함께 수만의 방패병이 다시 한 번 용아병과 부딪혔다.

방패를 앞세워 부딪친 후 물러난다.

이러한 광경은 한두 번이 아닌 연이어 펼쳐졌다.

준형이 궁극적으로 노리는 것, 그건 황금 용아병을 쓰러뜨리는 게 아니었다. 아니, 사실상 쓰러뜨릴 수 없다는 말이 맞을 것이다.

황금 용아병의 능력은 지금의 입문자들이 상대하기 힘든

괴물들이다.

현신에 이른 강력한 능력치, 거기에 모든 마법 및 속성 공격을 흡수하는 절대의 마법을 둘렀다.

물론 물리 공격이라는 수단이 남아 있으나 제한된 수단은 궤멸에 가까운 피해를 가지고 올 터였다.

그건 정훈이나 준형이 원하는 게 아니었다.

여기서 그들이 해야 할 일은 최대한 시간을 지연시키는 것이었다.

반경 100미터에 펼쳐진 황금용의 마법진 안에만 들어가지 않도록 말이다.

"육진 돌격!"

단 하나의 황금 용아병도 허락할 수 없다는 듯 거센 방패병의 돌진이 계속되었다.

* * *

카카칵.

한 번 펼치는 순간 반드시 상대의 목숨을 앗아 갔던 정훈의 검이 황금 비늘에 가로막혀 거친 쇳소리를 냈다.

"캬악!"

뒤이어 울려 퍼진 건 고통에 찬 괴성이었다.

비록 단단한 비늘에 보호를 받고 있으나, 그 충격은 고스란히 황금용에게 전달되고 있었다.

'더는 여기서 시간을 끌 순 없다.'

마법진에서 새어 나온 광채가 또 한 번 황금용의 몸뚱일 감쌌다.

이렇게 하다간 한도 끝도 없다.

강력한 한 방으로 피해를 쌓기란 불가능. 결국, 전법을 바꾸는 수밖에 없었다.

빠르게. 비록 한 방의 피해는 크지 않더라도 꾸준히 피해를 축적해 간다.

그 결심을 보여 주듯 검이 춤을 추며 물 흐르는 듯한 궤적을 그리고 있었다.

카카카카카캉!

쌍검이 춤을 추자 황금 비늘 곳곳에서 불똥이 튀었다.

조금 전과 같은 묵직한, 고통에 찬 황금용의 괴성이 들리진 않았다.

하지만 얕은 그 공격은 쉴 새 없이 황금용의 몸체를 두드렸다.

다시 한 번 마법진이 발동하며 그 상세를 회복시켜 주었지만, 그 순간에도 정훈의 검은 멈추질 않았다.

엑스칼리번으로 인해 더욱 가속화된 움직임은 황금용의 둔한 동작으론 결코 피할 수 없는 것이었다.

베고, 베고 또 벤다. 비록 그 공격이 얕더라도 아랑곳하지 않았다.

의식은 빠르게, 그리고 베는 것에만 집중했다.

마법진의 회복을 넘어 점차 피해는 쌓여 가고, 그와 함께 놀라운 광경이 펼쳐졌다.

황금용의 거대한 몸뚱이가 점차 작아지기 시작했다.

처음에는 미약해 알아보지 못할 정도였으나, 피해가 축적되는 만큼 눈에 띄게 줄어들어 이제는 확연히 표가 날 정도가 되었다.

급속도로 줄어들기 시작한 몸뚱이가 급기야 5미터 정도가 되었을 때였다.

"캬륵!"

당하기만 하던 황금용의 반격이 시작되었다.

팟!

몸뚱일 움직인 순간 남는 건 황금빛 궤적뿐이었다.

조금 전과는 움직임 자체가 달랐다.

그럴 수밖에 없는 게 거대한 덩치가 줄어든 만큼 비상식적인 속도를 자랑하게 된 것이다.

그 궤적을 눈으로 쫓는 건 불가능한 일.

아무리 정훈의 순발력이 대단한 영역에 발을 들였다 한들 그 움직임을 파악할 순 없었다.

'시간을 끌어 보겠단 심산이겠지.'

황금빛 궤적은 주변을 맴돌 뿐 어떠한 공격의 태세도 보이지 않았다.

답은 명쾌하다. 지금 황금용은 시간을 끌고 있었다.

현재 상태에서 몇 번 공격을 허용했다간 강제로 수면에 빠지게 된다.

그것은 황금용의 패배를 의미하는 것이기에 최대한 시간을 끌어 황금 용아병이 올 만한 시간을 마련하려는 속셈이었다.

'그렇겐 안 되지.'

물론 이를 허용할 마음은 눈곱만큼도 없다.

다음 정훈이 한 일은 눈을 감는 것이었다.

시야를 차단하는 순간 선명한 감각이 그의 몸을 지배했다.

아무것도 보이지 않은 어둠 속에서 주변 풍경이 그려지기 시작했다.

그것은 삼안이 만들어 낸 감각의 흐름이었다.

눈으로 보던 세상과 동일하다.

유일하게 다른 게 있다면 이곳저곳을 옮겨 다니는 황금빛 덩어리였다.

조금 전까지 보이지 않았던 그것은 황금용의 움직임. 하지만 그것만으론 부족했다.

'집중. 집중!'

집중하고 또 집중한다.

주변의 시간마저 멈출 정도의 집중력을 발휘하자 점차 황금빛 덩어리의 움직임이 잡히기 시작했다. 아니, 아직도 만족할 수 없었다.

움직임을 쫓는 것만으로 황금용을 공격하는 건 불가능한 일이다.

단순히 쫓는 게 아닌 상위의 영역이 필요했다.

예지. 적의 이동 경로를 미리 파악하고 손을 쓰는 것.

지금 정훈은 그 영역을 위해서 다시 한 번 집중력을 발휘했다.

"더, 더는 무립니다!"

대영의 간절한 외침이 아니어도 위험한 현 상황을 파악하는 건 어렵지 않은 일이었다.

"후퇴, 후퇴!"

방패마저 모두 부서져 활용할 수 없게 된 지금 그들이 막을 수 있는 일이라곤 정면충돌뿐이었다.

강력한 황금 용아병을 상대로 선전을 펼쳤다고 생각했다.

하지만 그렇다고 해 봐야 시간 끌기, 게다가 약간의 시간을 벌기 위해 많은 이들이 희생되어야만 했다.

더 무리했다간 궤멸에 가까운 타격을 받을 수밖에 없다.

그것을 깨달은 준형은 다급히 후퇴를 명했다.

'이대로 보낼 순 없다.'

준형은 다급했다.

아직 정훈으로부터 목표를 처리했다는 말을 전해 듣지 않았기 때문이다.

이대로 황금 용아병을 보냈다간 정훈은 물론 이곳의 모두가 몰살을 당하는 건 자명한 일.

문득 주변을 돌아보았다.

지쳐 쓰러진 이들과 시체들이 한데 뒤섞인 난장판이 눈에 들어왔다.

이제 신살은 더 이상의 여력이 남아 있지 않다.

벌써 절반이 넘는 이들이 죽었고, 그 나머지도 지쳐 쓰러지기 일보 직전이었다.

결국 나서야 하는 건 다른 누구도 아닌 바로 본인 스스로였다.

"흐아압!"

발작처럼 함성을 내지른 그가 서서히 전진해 오고 있는 황금 용아병의 중심에서 손과 발을 놀리기 시작했다.

콰콰콰쾅!

백색 기운으로 뭉쳐진 강기強氣가 주변을 사납게 헤집어 놓았다.

분명 천지가 진동할 만한 강력한 위력이다.

하지만 그 막강한 권법도 황금 용아병에게 그리 큰 피해를 줄 수는 없었다.

요란하기만 할 뿐 실속은 없었다.

그래도 준형은 포기하지 않은 채 쉴 새 없이 손과 발을 움직였다.

어차피 그의 목적은 황금 용아병을 쓰러뜨리는 게 아닌 이목을 집중시키려는 의도였던 것이다.

평상시 그라면 꽤 많은 수를 처치할 수도 있었겠지만, 지금은 계속된 전투로 지쳐 있는 상태.

고작해야 그들의 이목을 끌어 시간을 더 지연시키는 게 전부였다.

서걱.

"큭!"

조금 전만 못한 움직임은 실수를 유발했고, 결국, 오른팔이 깊게 베이는 상처를 입고 말았다.

그 순간에도 황금 용아병은 전진을 거듭해 어느새 황금용의 마법진 인근에 도착하고 있었다.

"아, 안 돼!"

준형은 팔이 덜렁거릴 정도의 치명상에도 그 앞을 막으려 했다.

"안 됩니다, 준형 님. 지금 상태에서 나갔다간 죽을 뿐입니다."

그런 그를 제지한 건 대영과 제만, 그리고 신살의 주요 간부들이었다.

그들로선 준형의 죽음을 묵과할 수 없었다.

그렇기에 지친 몸을 이끌고 겨우 앞을 막아선 것이었다.

"그게 무슨 말입니까. 지금 저대로 두었다간 여기서 모두 전멸을…….."

"사령관님을 믿어 보시죠. 분명 이번 일도 해결해 줄 겁니다."

"그렇습니다. 정훈 사령관님이 알아서 할 겁니다. 우리가 할 수 있는 건 모두 다 하지 않았습니까."

대영의 그 말에 모두가 고개를 끄덕여 동의를 표했다.

'어찌 이런……!'

그 순간 준형은 정신이 아찔해져 오는 걸 느낄 수 있었다.

그래도 한 때는 정훈을 넘어서 보이겠다며 자신감을 보이던 이들이 이제는 그 존재에 기대어 요행을 바랐다.

그래. 솔직히 정훈의 압도적인 힘을 견식했으니 기가 꺾이는 건 당연하다.

예전의 패기까지 바라는 건 아니나 그래도 맡겨진 일에 관해선 목숨을 거는 한이 있어도 최선을 다해야 하는 것 아닌가.

이 정도 했으니 우리는 할 일을 다 했다.

나머지는 사령관에게 맡기는 게 최선이다.

이 얼마나 무책임한 말인가.

만약 지금이 위급 상황이 아니라면, 치명적인 부상으로 운신하는 게 힘든 정도가 아니었다면 당장 그들에게 한 소리했을 것이다.

'하하. 내가 무슨 말을 할 수 있을까. 나도 이렇게 바라만 볼 수밖에 없는데.'

돌이켜 생각해 보니 무력한 건 자신 또한 마찬가지였다.

황금용을 상대할 동안 황금 용아병을 막아 내라는 단순하기 그지없는 명령 하나를 이행하지 못하다니.

초라했다. 그래도 꽤 성장했다고 여겼건만 여전히 그는 아무짝에도 쓸모없는 나약한 존재에 불과했다.

물론 그건 신살의 모든 구성원들도 마찬가지였다.

'만약 운 좋게 살아남게 된다면 이 모든 걸 바꿀 것이다.'

안타깝게도 이 모든 운명은 그와 신살의 손을 떠나 있었다.

'오는군.'

황금 궤적에 휩싸인 정훈은 황금 용아병의 접근을 눈치챈 상태였다.

하지만 동요하지 않았다.

어차피 준형과 그 부하들의 그리 뛰어난 활약을 보이리라 생각하지 않은 것이다.

그래. 이 정도면 많이 버텼다. 그렇게 치부하며 집중력을 높였다.

"캬아악!"

"캬륵!"

마침내 마법진에 도달한 황금 용아병이 언데드 드래곤으로 변화했다.

그 수만 해도 수십.

그러나 그게 끝이 아니었다. 뒤이어 수많은 황금 용아병이 마법진에 발을 들이고 있었다.

아연실색할 수밖에 없는 광경에도 정훈은 눈을 감은 채 움직이지 않았다.

황금용의 움직임을 포착할 수 있는 감각, 그 동선을 파악할 수 있는 경험, 그리고 정확한 예상 경로를 꿰뚫는 예측.

삼안이 움직임을 읽는다.

신마를 강신시켜 얻은 경험이 동선을 보여 주었다.

오르비스의 정보, 그리고 지금까지의 숱한 전투 경험이 한 지점을 말해 주고 있었다.

번쩍!

정훈의 손에서 섬광이 번뜩였다.

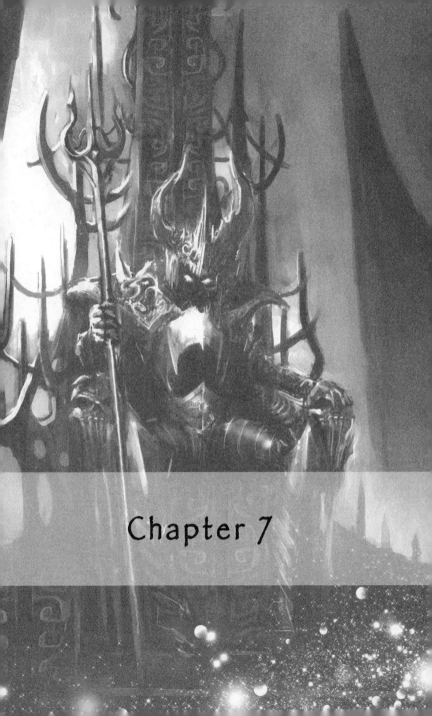

Chapter 7

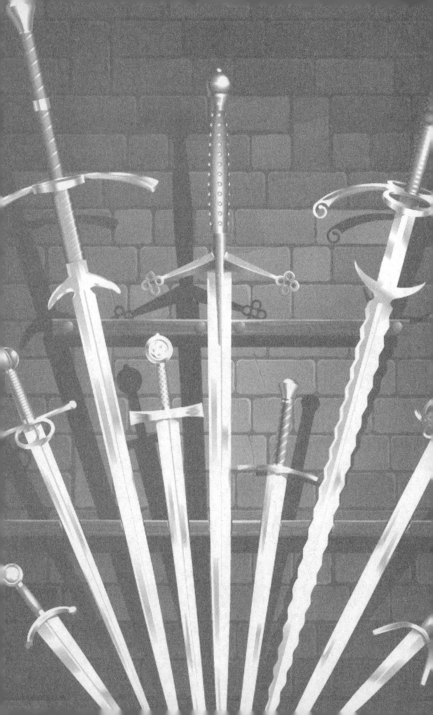

참고, 참고, 또 참아 왔던 모든 힘을 응축시켜 발현한 검은 정확히 황금용이 이동하려던 예상 지점을 갈랐다.

"캭!"

그 일격에 실린 지면으로 떨어진 황금용은 외마디 괴성과 함께 몸을 따린 채 강제 수면에 들어갔다.

후드드.

황금빛 골격을 지닌 언데드 드래곤 수백 마리가 뼛조각으로 돌아갔다.

자칫하면 이곳의 모든 입문자가 궤멸할 수밖에 없었던 위기를 무사히 넘긴 것이다.

"그것 보십시오. 잘 해결되지 않았습니까."

"역시, 사령관님의 힘은 대단합니다."

마치 이렇게 될 줄 알았다는 듯 화색이 된 이들의 말에 준형은 어떠한 말도 할 수 없었다.

무사히 시련을 극복했다는 안도감도 들지 않았다.

오직 그의 마음을 지배하고 있는 건 이들에 대한 실망감, 그리고 스스로에 대한 자책감이었다.

'이렇게까지 변질될 동안 몰랐다니…….'

그간은 육체적인 성장에만 초점을 맞추고 있어서 눈치를 채지 못했다.

지금 이 신살이란 단체는 육체적 능력이 아닌 정신적인 부분이 결여되어 있다는 사실을 말이다.

지금 이 순간 준형은 그 어느 때보다 큰 위기감을 느껴야만 했다.

이계를 살아가는 데 가장 중요한 게 무엇일까.

무력? 아이템?

당연히 필요한 것이다.

이 두 가지를 완벽하게 갖추었다면, 그래서 정훈과 같은 무력을 지니고 있다면 아무것도 걱정할 필요가 없을 것이다.

하지만 그와 신살은 정훈이 아니었다. 그렇기 때문에 정신 무장이 필요했다.

반드시 이곳에서 살아남겠다는, 요원하기만 하지만 정훈의 무력에 다가가 보겠다는 굳은 다짐 같은 것 말이다.

준형은 지금까지 그 각오를 잊지 않았다.

비록 정훈의 원조가 있었다지만 그래도 누구보다 앞서 나갈 수 있었던 원인은 그러한 각오가 바탕이 되었기 때문이다.

항상 배수진을 친 것처럼 모든 일에 필사적으로 임했다.

당연히 다른 이들도 그럴 거라 생각했다.

'나태해진 건가?'

정훈이란 거대한 존재의 그림자 속에 숨어 나태해져 가고 있었다. 하지만 그래선 안 된다.

'언제까지 우리의 뒤치다꺼리를 할 사람이 아니다.'

예전보다 옅어지긴 했지만, 정훈이란 사람은 자신의 이익만을 쫓는 사람이다.

지금이야 어떤 목적에서, 한배를 탄 것으로 생각해 억지로 이끌어 가고 있었지만 그게 언제까지 지속되리란 법은 없다.

그렇기 때문에 언제든 독립할 수 있도록 준비를 해 둬야만 한다.

그런데 지금 그의 신살은 부모를 찾는 어린아이처럼 정훈을 따르고 있었다.

그에게 의지해선 그 무엇도 이루지 못한다.

그것을 알기에 이대로 무너져 가는 신살을 두고 볼 수 없었다.

'이제야 위기감을 느끼고 있나 보군.'

심각한 얼굴로 그를 주변을 두리번거리는 준형을 본 정훈은 곧장 그 내심을 파악할 수 있었다.

　그들은 모르고 있었겠지만 정훈은 이 모든 것을 예견하고 있었다.

　모두를 압도할 만큼의 강력한 무력을 지닌 자가 있다면 그에게 의지하는 건 당연한 일.

　그럼에도 내버려 뒀다.

　사실 신경을 쓰지 않고 있었다는 게 맞을 것이다.

　지금 그들을 이끌고 있는 것도 목적을 위해 이용하려는 것뿐이었다.

　관리자나 기타 강력한 능력의 괴물을 상대하기 위해선 자잘한 녀석들을 맡을 이들이 필요하기 때문이다.

　'어떻게 되든 녀석이 알아서 하겠지.'

　어차피 목적을 위해 이용하는 관계일 뿐, 그 이상의 관심은 없었다.

　천천히 걸음을 옮겼다.

　그가 가고자 하는 방향에는 바닥에 떨어진 황금 양피가 있었다.

　은은한 황금빛을 자랑하는 양피를 손에 쥔 순간이었다.

　-아르고 원정대와의 대결에서 승리했습니다.

　-콜키스 섬 중앙에 다음 전장으로 통하는 포털이 열렸습니다.

　-강제 이동까지 9시간 59분 59초 남았습니다.

8막은 총 3개의 전장으로 구성되어 있으며, 아르고 원정대와의 전투는 첫 번째 전장에 불과했다.

첫 번째 재료인 황금 양피를 얻은 이상 이제 다음 전장으로 이동하는 시간을 기다리는 일만이 남은 상황.

"시간이 지나면 강제로 소환되는 형식입니까?"

얼굴을 굳힌 정훈이 다가오며 물었다.

"그래."

"그렇군요. 그럼 이곳에서 가장 위험한 구역이 어딘지 알고 계십니까?"

빤히 준형을 응시했다.

굳어진 얼굴, 입술을 앙다문 그 표정에서 느껴지는 결의가 있었다.

"굴리게?"

"네. 아무래도 수련이 더 필요할 것 같습니다."

"가장 위험한 구역이라. 혹 목숨이 위험해도 상관없나?"

"상관없습니다."

망설임 없이 대답하는 게 지금의 위기를 어떻게든 타개해 보려는 심산인 게 분명했다.

"여기서 동쪽으로 가면 뱀의 사원이 있어. 일부러 가지 않는 이상은 마주칠 일이 없는 위험 구역이지."

오르비스가 지닌 정보 속에 있는 뱀의 사원은 강력한 파충류 계열의 몬스터가 득실거리는 일급 위험 지역이었다.

현재의 신살의 수준으로는 큰 피해를 받을 수밖에 없는 곳.

"감사합니다."

일부러 위험 지역이란 말에 힘을 주었음에도 아랑곳하지 않는다.

'알아서 잘하겠지.'

준형이 있는 이상 전멸할 일은 없을 것이다.

오히려 잘됐다. 급하게 세력을 불리느라 어중이떠중이들이 다 모여 있었는데, 준형의 집중 관리를 통해 정예한 병력으로 바뀔 것이 보였다.

무거운 걸음을 옮기는 준형의 뒷모습을 응시하던 정훈은 이내 포털을 향해 발걸음을 옮겼다.

포털 너머의 신살은 아마도 많은 게 바뀌어 있을 것이라 예상하면서 말이다.

정훈이라는 거대한 존재가 사라지는 것을 느낄 수 있었다.

"부사령관님. 우리도 이제 이동을……."

"아뇨. 우리는 지금 이동하지 않습니다."

단호한 음성의 준형이 포털을 향해 접근하려던 이들을 제지했다.

"지금부터 우리는 동쪽 뱀의 사원으로 이동합니다."

정훈의 부재.

물론 고작해야 10시간 정도의 짧은 시간이지만, 이 시간이야 말로 나태해진 정신을 무장할 수 있는 절호의 기회였다.

"사령관님은 이미 포털로 이동하지 않았습니까?"

물론 그것은 그만의 생각이었다.

정훈이 없다는 것, 그 불안감을 이기지 못한 대다수의 간부들이 의문을 제기하고 나섰다.

"이번 일은 사령관님과 상관없이 우리가 해결해야 하는 일입니다."

이에 굴하지 않고 단호한 태도를 취했다.

"그건 좀 위험하지 않습니까?"

"굳이 위험부담을 사서 해야 하는 이유를 모르겠군요."

비단 그것은 간부들만의 의견은 아니었다.

직접적으로 말을 하지 않지만, 많은 이들이 얼굴 표정으로 불만을 표출하고 있었다.

'영향력을 빼앗겼구나.'

그제야 신살 내에서 자신의 영향력을 체감할 수 있었다.

본래는 그가 이들을 이끄는 수장이었지만, 정훈의 등장과 함께 점차 영향력이 줄어들기 시작해 지금은 이 지경이 된 것이다.

그래선 안 된다.

정훈은 어디까지나 이들을 모으는 입장일 뿐, 내실을 다지는 건 그의 역할이었기 때문이다.

뒤바뀐 영향력. 이것을 다시 되찾아야만 했다.

"이미 사령관님의 허가를 받은 부분입니다. 따르기 싫다면 신살에서 나가고 싶은 것으로 간주하겠습니다."

불만을 통제하기 위해 초강수를 빼 들었다.

이미 입문자 유일의 세력이 된 신살이다.

이곳에서 내쳐지게 된다면 그에게 남은 것은 죽음밖에 없었다.

"으음……."

"……."

과연 효과가 있었는지 대놓고 불만을 제기하진 못한다.

하지만 여전히 얼굴에 남아 있는 불안과 불만 등의 감정을 지우진 못했다.

'차차 극복하면 된다.'

당장 나아지리란 기대는 없다. 이제부터가 시작이었다.

차근차근히 나태한 정신을 도려낼 것이다.

물론 처음엔 고통스럽겠지만, 썩은 부분이 사라지고 새 살이 돋아나면 그때는 한층 더 발전할 수 있으리라.

'반드시 그렇게 만든다.'

준형의 결심은 그 어떤 풍파에도 흔들리지 않을 만큼 굳건했다.

기존의 포털과 달리 예전과 달리 통과해도 의식을 잃는 일

은 없었다.

찰나의 순간 주변 환경이 바뀌었고, 가장 먼저 느껴지는 건 딱딱한 지면이 아닌 몽실하게 밟히는 솜과 같은 촉감이었다.

그곳은 구름 위의 세계. 일전에도 경험한 바 있는 천공의 성 아스가르드였다.

하지만 자세히 주변을 둘러보면, 같으면서도 약간씩 다른 부분을 발견할 수 있다.

그럴 수밖에 없는 게 이곳은 신들의 후손에 의해 건설된 신 아스가르드가 아닌, 신들의 황혼이 일어나기 전의 아스가르드인 탓이다.

'왔군.'

잠간 주변 광경에 한 눈을 판 사이 어느새 그의 주변은 신살의 구성원들로 가득 찼다.

정훈보다 무려 10시간이나 뒤에 이동했지만, 시간의 뒤틀림은 고작 1~2초의 오차를 보여 주었다.

"으으!"

곳곳에서 고통에 찬 신음이 흘러나왔다.

그들의 상태는 말이 아니었다.

갑옷과 같은 보호구는 강한 충격에 의해 찌그러지거나 베어 있었고, 경상부터 시작해 중상까지 다양한 피해를 입은 상태였다.

"소생의 기적."

즉시 마력을 끌어올려 소생의 기적을 발휘했다.

찬란한 백광이 그들을 감싼 순간 부상자는 없었다.

말끔한 모습으로 돌아온 그들은 정훈을 향해 거듭 상체를 숙여 감사함을 표했다.

"덕분에 살았습니다."

너스레를 떠는 준형을 바라봤다.

'눈빛이 살아 있네.'

소생의 기적을 빠르게 발현한 것도 다 준형을 배려한 것이었다.

사실 수많은 부상자 중 단연 심각한 부상을 입은 게 바로 준형이었다.

그건 당장의 몰골만 봐도 알 수 있는 부분이었다.

찌그러지다 못해 찢긴 보호구와 덕지덕지 묻어 있는 피딱지.

만약 소생의 기적이 없었다면 전투 불능이 될 수밖에 없을 정도의 중상이었다.

"열심히 하는 것도 좋은 데 적당히 몸도 챙겨."

진심이었다.

다른 이들은 몰라도 준형의 손실은 정훈에게도 큰 타격이었다.

멍청이들을 다스릴 만한 인재가 사라지는 것을 뜻하기 때문이다.

"네. 주의하겠습니다."

대답은 그리했지만 다음에도 똑같은 상황이 벌어지리란 걸 짐작할 수 있었다.

"그나저나 이곳은 어딘지?"

그 말에 대한 답을 알려 준 건 정훈이 아니었다.

-두 번째 임무, 신과 거인의 전쟁 라그나뢰크에 참여했습니다.

-현재 입문자들의 진영은 거인입니다.

-이 전쟁에서 거인이 이길 수 있도록 발판을 마련해야 합니다.

-거인들이 입문자들에게 내린 첫 번째 지령은 거인들의 아스가르드와 거인들의 세계를 연결하는 것입니다. 길을 열기 위해선 미미르의 목, 갈라르호른, 브레싱가멘, 이그드라실의 씨앗이 필요합니다.

"아스가르드?"

귓가에 파고드는 알람에 의문을 표했다.

정훈의 경우엔 신 아스가르드에 대한 경험이 있었지만, 그들은 예외였다.

아스가르드는 물론 신들의 황혼에 관한 아무런 경험이 없었다.

"두 번 설명하진 않을 테니 잘 들어."

머릿속의 정보를 떠올리며 차근히 설명을 해 주었다.

현재 입문자들의 임무는 아스가르드와 거인들의 세계를

연결할 수 있는 다리를 놓는 것.

그 재료가 되는 게 알람에서 언급한 4개의 보물이었다.

물론 여간 쉬운 일은 아니다.

4개 모두 아스가르드에서 위대한 보물이라 여겨지는 것뿐이었기 때문이다.

"내가 다 처리할까? 아니면 하나 정도는 맡아서 할래?"

넌지시 묻는 그 말에 준형은 망설이지 않고 대답했다.

"하나를 맡겠습니다."

"목숨이 위험한데도?"

"이곳에서 목숨이 위험하지 않은 일은 없습니다."

"그 각오는 잘 알겠다만 성공보다 실패할 확률이 높은 임무다. 너는 지금 저들을 사지로 몰아가는 거야. 그래도 상관없다?"

준형의 신념은 보다 많은 이들을 살리는 것이었다.

하지만 굳이 하지 않아도 될 임무를 맡는 것으로 많은 이들을 사지에 밀어넣고 있었다.

그것은 자신의 신념을 위배하는 것이나 다름없는 것.

"이것이 더 많은 이들을 살릴 수 있는 길이라 확신하고 있습니다."

정훈의 말에도 흔들리지 않는다.

준형은 믿고 있었다, 지금의 나태한 정신 상태론 끝까지 생존하지 못한다는 것을.

지금 썩은 부분을 도려내지 않는다면 전체가 썩게 될 것임을 말이다.

"뭐, 그렇게 생각한다면야. 그럼 4개 중 어느 걸 맡을래? 네가 결정하도록 해."

4개의 재료는 제각기 다른 난이도를 자랑한다.

정훈은 그 모든 것을 꿰뚫고 있었지만, 준형에게 어떠한 정보도 말해 주지 않았다.

"미미르의 목을 가져오겠습니다."

정훈의 눈동자로 이채가 스치고 지나간다.

준형은 모르고 있으나 미미로의 목은 4개 재료 중 극상의 난이도를 자랑하는 것이었다.

지금 신살의 저력으로는 실패할 확률이 80퍼센트에 육박하는 아주 힘든 임무였다.

"후회하지는 않겠지?"

그래도 여지를 남겨 주었다.

"반드시 성공해 보이겠습니다."

여지를 남기는 그 말에도 역시 흔들리지 않았다.

준형의 각오를 엿볼 수 있는 부분이었다.

"그럼 미미르의 목을 제외한 나머지 재료를 내가 맡도록 하지. 다시 한 번 말하는데, 너희가 전멸하는 일이 있더라도 돕지 않을 테니 명심해."

"실패는 없을 겁니다."

이번 임무를 계기로 발전한다면야 더할 나위 없는 일.

"저길 봐."

정훈이 서쪽을 향해 손가락을 가리켰다.

그곳에는 허공에 떠 있는 거대한 성이 있었다.

"신들의 성이다. 성의 가장 중심부인 발할라 궁에 있는 오 딘을 처치하면 미미르의 목을 얻을 수 있지."

미미르의 목을 가지고 있는 건 주신主神 오딘.

문제는 그만이 아니다.

성안을 지키고 있는 강력한 신들을 모조리 처치해야 하는 가장 위험한 임무였다.

그제야 준형은 자신이 가장 위험한 패를 빼낸 것을 알 수 있었다.

말을 잃은 듯 잠깐 동안 고뇌했다.

하지만 이내 그는 입술을 질끈 깨물었다.

"임무를 완료하는 즉시 연락을 드리겠습니다."

고개를 끄덕이는 것으로 대답을 대신했다.

"전원 이동 준비!"

등을 돌린 준형이 외쳤다

척척.

조금 전까지 풀어져 휴식을 취하고 있었다곤 생각할 수 없 을 정도로 빠릿한 모습.

고작 10시간에 불과했으나 뱀의 사원에서의 전투는 준형의 존재감을 다시금 그들의 뇌리에 새기는 좋은 경험이었다.

죽음을 도외시한 채 홀로 선두에 서서 적들을 베어 넘기는 그 모습에 진정으로 감복할 수밖에 없었다.

진정으로 믿을 수 있는 수장.

정훈을 향한 의지가 조금씩 그에게 옮겨 갔고, 그 영향력이 지금의 모습에서 적나라하게 나타났다.

"출진!"

일사불란하게 움직이며 신들의 성을 향해 나아간다.

멀찍이 사라지는 그 모습을 뒤로했다.

그의 머릿속에서 준형과 미미르의 목에 관한 부분은 완전히 사라졌다.

당장의 목표에 집중한다.

'우선은 헤임달부터 처리해야겠지.'

4개 보물 중 가장 쉬운 일. 헤임달이 지니고 있는 걀라르호른을 구하기 위해 몸을 튕겼다.

쉬익.

호선을 그린 그의 신형이 빠른 점이 되어 사라져 갔다.

무지개다리 비프로스트 앞을 지키는 건 새하얀 광채에 둘러싸인 사내였다.

아름답다. 사내를 향한 찬사치고는 그리 명예롭지 못한 말이지만, 사내를 본 누구라도 그 말을 할 수밖에 없을 것이다.

비록 걸치고 있는 게 짐승의 가죽이라 해도 그 아름다움을 감출 수 없었다.

이 세상의 모든 아름다움을 집약된 미의 사내. 그는 바로 파수꾼 헤임달이었다.

파수꾼이란 명칭에 걸맞게 그의 임무는 하나였다.

비프로스트를 지키며 아스가르드에 위험한 일이 발생할 경우 걀라르호른을 불어 알려 주는 것.

이렇게 비프로스트에 서서 언제 일어날지 모르는 위험을 감시하는 것이 그의 유일무이한 일이었다.

"파수꾼이란 건 무척 심심한 일이야."

문득 들려오는 음성에 화들짝 놀랐다.

그 어느 때라도 감정을 드러내지 않는 이 파수꾼은 놀란 감정을 숨기지 못했다.

'언제?'

그의 눈은 세상의 모든 곳을 돌아볼 수 있으며 귀는 초목이 자라는 소리까지 들을 정도로 예민했다.

지상에서 개미 한 마리가 기어가는 소리까지 들을 수 있을 정도의 그가 누군가 접근할 정도로 눈치를 채지 못했다는 것이 무엇을 뜻하는가.

좀처럼 긴장이란 것을 하지 않는 헤임달은 모처럼 경계하는 눈으로 상대를 응시했다.

"낯선 침입자를 발견하지 못하였군. 그대는 누구지?"

말을 하는 도중에도 숫양의 뿔, 부르트강을 꺼내 든다.

언제든지 공격할 수 있는 채비를 마치는 것이었다.

"널 죽일 자."

말이 끝나기도 전에 일직선의 궤적이 맹렬한 속도로 쇄도
했다.

현신에 이른 순발력에서 발휘된 극쾌의 찌르기.

하지만 이미 그 동작을 예견하고 있었던 정훈은 가볍게 몸
을 트는 것만으로 공격을 회피했다.

하지만 헤임달이 바란 건 공격의 성공이 아니었다.

어디까지나 그의 역할은 파수꾼.

곧장 걀라르호른을 불어 침입자의 등장을 알리려 했다.

뿌우우웅.

걀라르호른에서 뿜어져 나온 소리가 아스가르드 전역에
울려퍼졌다.

-헤임달이 걀라르호른을 불었습니다.
-모든 신족의 능력치가 2배 상승합니다.
-모든 입문자의 능력치가 50퍼센트 하락합니다.

족쇄가 옭아매는 것처럼 전신이 무거워졌다.

걀라르호른의 능력이 발동되어 능력치를 감소시킨 탓이다.

의아한 건 정훈의 행동이었다.

충분히 헤임달의 동작을 막을 수 있는 시간이 있었음에도 그러지 않았다.

'까다로운 조건 같으니.'

그 이유는 헤임달이 걀라르호른을 부는 것이 관리자를 소환하는 특수한 조건 중 하나였기 때문이다.

첫 번째 조건은 황금용을 마법진 안에서 처치하는 것.

그것에 이른 두 번째 조건이 걀라르호른의 효과가 활성화된 상태에서 거인들의 길을 여는 것이었다.

물론 신족의 진영이었다면 이야기가 달라졌겠지만, 지금 그는 거인의 편에 서서 싸워야 하는 입장이었다.

"이제 네 녀석이 도망갈 곳은 없느니라!"

걀라르호른의 효과로 인해 그 능력치가 두 배나 상승한 헤임달이 자신감을 내비쳤다.

그도 그럴 게 무려 현신의 2단계의 능력을 지니게 된 것이다.

정상적인 코스(?)를 거친 입문자 수천, 수만이 덤벼들어도 힘든 강력한 상대.

스팟!

정훈의 손에서 섬광이 번뜩이고 침묵이 찾아왔다.

그 자세 그대로 멈춘 헤임달의 목이 움직여 정훈을 바라봤다.

"놀라운 일격……."

푸확!

허리가 양단된 헤임달의 육신이 허물어졌다.

현신의 2단계의 강력한 능력을 지닌 신이 일수를 버티지 못한 채 무너지고 만 것이다.

쿵!

회색으로 물든 헤임달의 시체 옆으로 거대한 뿔피리 하나가 떨어졌다.

그것이 4개의 보물 중 하나인 걀라르호른이었다.

'일단 하나는 확보했고.'

−4개의 보물 중 하나를 획득했습니다.

−아스가르드로 통하는 길을 여시겠습니까? 단, 하나의 재료만으로는 거인들의 온전한 세력을 끌어들일 순 없습니다.

보물 중 하나만 있어도 길을 열 수는 있으나 불러들일 수 있는 거인의 힘이 한정된다.

즉 4개의 보물을 모두 모아 길을 열어야 온전한 거인들을 이끌 수 있는 것이다.

당연히 4개를 모아 온전한 세력을 이끌 생각이었다.

보다 안전한 임무 성공을 위해서? 아니. 그래야 관리자 소환의 특수 조건 중 하나를 달성할 수 있기 때문이다.

스스슥.

정확히 두 동강 난 헤임달의 육신이 투명하게 물들어 자취를 감췄다.

놀랍지 않다.

파악하고 있었던 현상 중 하나였다.

사실 아스가르드에서 신들의 죽음은 온전한 소멸이 아니다.

영원의 샘을 통해 만들어진 발할라의 소생 시스템을 통해 언제든 다시 부활을 하게 되는 것이다.

'물론 그럴 일은 없겠지만.'

살인자 언령을 지닌 정훈에게는 예외였다.

모든 존재를 멸한다. 그것은 영원의 샘이 지닌 권능도 어쩔 수 없는 것이었다.

걀라르호른을 보관함에 넣은 그는 의지를 움직여 허공으로 솟구쳤다.

"적의 침입이다!"

"발할라의 전사들이여, 나가 싸우자!"

"오딘 님께 영광 있으라!"

성의 곳곳을 지키고 있는 경비를 처치하며 앞으로 나아가던 준형은 마침내 신들의 성 중심부, 발할라 궁에 도착할 수 있었다.

그곳을 지키고 있는 건 오딘의 특수 부대인 베르제르커와 전사들을 인도하는 천사 발키리들이었다.

"천살天殺은 나와 함께 늑대 가면 녀석들을 맡는다. 지살地殺과 인살人殺은 날개 달린 녀석들을 상대하도록!"

신살의 전력은 세 개로 나뉜다.

준형을 비롯한 간부들이 모인 최정예 천살.

1천 명의 병력을 이끌 수 있는 대장들이 모인 정예 지살.

마지막으로 대다수 병력을 차지하고 있는 인살이었다.

천살의 주요 목표는 강력한 적을 맞아 지살과 인살을 보호하는 것이었고, 준형은 눈앞의 늑대 가면 무리, 베르제르커를 강력한 상대로 규정했다.

"감히 이곳이 어디라고 난동을 피우는 것이냐!"

"그 누구도 오딘님에게 접근할 수 없다!"

고작해야 40명으로 이루어진 베르제르커가 돌연 광기를 쏟아내기 시작했다.

콰콰콰콰!

붉게 달아오른 강력한 기운이 장내를 지배했다.

'과연!'

그 심상치 않은 기세를 정면으로 마주한 준형은 자신의 예상이 틀리지 않았다는 걸 알 수 있었다.

베르제르커. 그들은 바로 오딘의 특수 부대로, 비록 40명 이라는 소수로 이루어져 있으나 그 하나하나의 힘은 강력하 기 그지없는 것이었다.

그럴 수밖에 없는 게 이들은 한때 지상에서 가장 강력한 영웅들이었으며, 죽음 이후에 발할라로 불려와 라그나뢰크 를 막기 위한 용사로 훈련받아 왔기 때문이다.

광기에 물든 그 힘은 태산을 맨손으로 뭉개고, 쇠나 불 따 위로는 상처조차 줄 수 없는 강력한 존재들이었다.

"으롸롸롸!"

지면을 박찬 그들의 신형이 거칠게 파고들었다.

"천둔진天地鎭을 펼쳐라!"

준형의 명에 새로이 천살이라는 간부직에 오른 99명이 일 사분란하게 움직였다.

10명씩 이루어진 삼각의 진이 겹쳐지는 그것은 이스턴의 진 법과 준형의 영특한 두뇌가 합쳐져 만들어진 천둔진이었다.

진법에 가둬진 대상은 정교한 기세의 영향으로 능력치가 하락하며 진을 펼친 이들은 서로의 능력에 공명하여 능력치 가 상승하는 놀랍도록 정교한 진법.

파파파팟.

마치 하나의 유기체처럼 돌아가면서 베르제르커를 공격 한다.

공격이 실패했다 한들 대기하고 있던 다음 순번이 틈에

파고들어 공격을 가하기 때문에 실패했을 때의 위험 부담은 없다.

"일선은 상단, 이선은 하단을. 삼선은 방어, 사선은 대기!"

물론 이들이 유기저으로 움직일 수 있는 건 준형의 뛰어난 통찰력 덕분이었다.

그의 통찰력은 단순히 감을 뛰어넘는 대단한 무기였다.

지금까지는 그 역량을 제대로 발휘하지 못했으나 천둔진을 발휘하면서 마음껏 능력을 발휘하고 있었다.

거칠게 부딪쳐 오는 베르제르커를 상대로 철저한 차륜전을 펼치며 힘을 뺐다.

아무리 그들이 대단한 힘을 지니고 있다 한들 체력은 한정적일 수밖에 없다.

특히 순간의 폭발력, 광기를 무기로 삼는 그들은 체력저하가 더 빠를 수밖에 없었다.

"즉살卽殺!"

틈을 발견한 준형의 명령이 떨어짐과 동시에 차륜전을 펼치던 천살은 동시에 최고의 공격을 발휘했다.

콰콰쾅!

준형의 파천까지 곁들여진 그 위력은 가히 경천동지할 힘을 품고 있었다.

"크으으."

쓰러진 베르제르커 중 살아남은 이는 소수였다.

운 좋게 생존했다 한들 중상으로 인해 몸을 움직일 수 없는 상황.

"쉴 틈이 없다. 지살과 인살에 합류해!"

그들의 숨을 끊어 놓은 뒤 발키리를 상대로 피튀기는 혈전을 벌이고 있는 지살과 인살에 합류했다.

조금 전까지만 해도 발키리에게 당하고 있었던 그들은 천살의 합류, 아니, 준형이라는 사내의 합류로 인해 놀랍도록 달라진 모습을 보였다.

"수비로 전환!"

마치 처음부터 전투에 참전하고 있었던 것처럼 적절히 지휘를 하는 준형의 역량은 정말로 대단한 것이었다.

쩌렁한 그의 목소리가 울려 퍼질수록 발키리의 숫자는 급감했으며, 신살은 발할라의 점차 정예 부대를 압도하고 있었다.

그것은 정훈조차도 예상하지 못한 선전이었다.

그도 그럴 게 걀라르호른으로 인해 2배나 능력치가 증가한 상태의 적들이었기 때문이다.

오딘까지 가는 길에 무수히 많은 피를 흘릴 것으로 예상했으나 상황은 이와는 전혀 반대로 흘러가는 중이었다.

현재 신살의 피해라고 해 봐야 몇몇 부상자를 제외하면 전무하다시피 했다.

변수는 바로 준형이었다.

정훈조차도 가늠하지 못한 능력과 역량을 발휘하며 신살을 지휘했다.

그 모습이 바로 10시간이라는 짧은 시간에 나태해져 가는 정신을 올곧이 할 수 있었던 원인이었다.

말할 수 있는 게 어디 통찰력뿐인가.

"하압!"

선두에 선 그의 손과 발에서 뿜어져 나간 강기가 발키리들을 산산이 찢어 놓았다.

수장인 그는 결코 몸을 빼는 일이 없었다.

항상 선두에 서서 다른 이들을 지휘한다.

급박한 상황 속에서도 어디에 무엇이 필요한지 곧바로 파악하곤 적절한 명령을 내리고 있었다.

정훈의 장악력은 압도적인 무력을 바탕으로 한 공포 정치였다.

그 그늘을 지워 버리는 건 대단히 어려운 일이었으나 어느새 신살의 대부분은 준형이라는 거대한 존재의 그늘로 그 자릴 대신하고 있었다.

물론 아직까지는 잔재가 남아 있으나 그것도 얼마 가지 않을 것이다.

적어도 그의 부재 하에 있는 한 준형의 영향력은 날이 갈수록 더 커져만 가고 있었으니 말이다.

"잠시 대기. 여기서 잠시 휴식을 취한다. 회복술사들은 빠르게 움직일 수 있도록."

평소에는 경어를 사용하는 편이지만, 이렇듯 급박한 전투 상황에선 짧게 말을 끊을 수밖에 없었다.

그의 명령에 따라 회복의 권능을 지닌 이들이 광채를 뿌려 가며 피해를 입은 이들을 치료해 주었다.

'아마도 저곳이 목표 지점이겠지.'

평온하기만 한 궁의 방.

그 문 앞에는 황금빛으로 각인된 나무가 새겨져 있었다.

세계수 이그드라실을 형상화한 저 문 뒤에는 목표, 오딘이 있을 게 틀림없었다.

'이게 강자의 여유일까, 아니면 머리에 똥만 든 멍청이인가.'

이토록 난리가 났는데도 전혀 요동이 없다는 건 아무래도 후자보단 전자일 확률이 높다.

"부사령관님. 정비를 완료했습니다."

피해가 크지 않은 탓에 금방 정비를 완료할 수 있었다.

"모두 주의를 게을리하지 마라. 이제 목표가 있는 곳으로 진입한다."

목표라는 건 강력한 적의 등장을 의미하는 것.

승리의 안도가 스며들어 있던 눈동자가 바뀌었다.

금방이라도 튀어나갈 수 있도록 만반의 준비가 다 되었다.

"준비!"

문 앞에 선 준형이 크게 외치며 긴장을 고조시켰다.

"진입!"

쾅!

문을 부수며 안으로 진입한 순간 준형은 볼 수 있었다.

쐐애액.

대기를 찢으며 다가오는 핏빛 창은 오딘의 무기인 궁니르였다.

그 급박한 순간 준형의 머릿속으로 오만 가지 생각이 파고들었다. 하지만 선택할 수 있는 건 두 가지뿐이었다.

피할 것인가, 막을 것인가.

선택은 막는 것이었다.

이 강력한 창을 피한다면 뒤에 있는 이들이 죽어 나갈 것이 뻔했기 때문이다.

"흐으압!"

피가 날 정도로 꽉 쥔 주먹에 모든 힘을 쥐어 짜냈다.

쾅!

"크흑!"

다행히 상쇄는 시킬 수 있었지만, 상대는 투창으로 공격한 것.

그 피해는 고스란히 준형이 감당해 내야만 했다.

살이 찢기고 뼈가 부러졌다. 덜렁거리는 오른팔을 부여잡은 준형이 급급히 뒤로 물러났다.

"내 일격을 받아 내는 인간이라니. 이 얼마나 놀라운 일이란 말인가."

어느새 주인의 손에 들어간 궁니르.

그 주인은 흰 수염을 기른 노인이었다.

분명 백발과 수염만 보면 노인이라 생각할 수 있지만, 또 피부나 외형을 보면 그렇게 생각할 수가 없다.

젊은이의 그것처럼 피부는 탱탱했고, 검은 가죽 안대로 가려진 왼쪽 눈을 제외한 오른쪽 눈에서 뿜어지는 안광은 세상의 모든 것을 내려다보는 것처럼 오만하기 그지없었다.

주신 오딘. 발할라 궁의 주인이자 모든 신들의 위에 선 최강자 중 한 명이었다.

"발할라에 제멋대로 침입한 인간들이라 해서 범상치 않게 여겼더니, 역시 그 예상이 맞구나."

쿵!

그렇게 말하던 오딘은 창대로 바닥을 찧었다.

"피해!"

심상치 않은 기운을 느낀 준형이 그렇게 외치며 곧장 그 자리에서 벗어났다.

챠챠챠챵.

지면을 뚫고 올라오는 황금빛 창이 미처 피하지 못한 이들을 꿰뚫었다.

"하지만 그 행패도 여기서 끝이니라."

붉은 기운을 머금은 창이 다시 한 번 번뜩였다.

콰콰콰콰쾅!

먼 곳에서 들려오는 폭음에 정훈의 시선이 잠시 그곳으로 향했다.

현재 그가 있는 곳은 신들의 성.

발할라 궁과는 반대편에 떨어져 있는 세스룸니르 궁이었다.

그곳은 여신 프레이야가 있는 기거하는 곳으로, 그녀가 지니고 있는 목걸이 브레싱가멘을 강탈하기 위함이었다.

'뭐, 전멸해도 어쩔 수 없지.'

스스로 자초한 일에 대해 더는 왈가왈부할 마음이 없다.

물론 그들의 죽음은 정훈에게도 약간의 타격이 될 수 있지만, 최선이 아닌 차선책은 늘 마련해 두고 있었다.

준형과 신살이 전멸한다고 해도 그의 큰 그림에는 차질은 없을 터였다.

아주 잠깐 관심을 보이는 것으로 끝.

더는 신경을 쓰지 않은 채 묵묵히 자신의 갈 길을 갔다.

슈슈슉.

주변 풍경이 빠르게 그를 스치고 지나갔다.

공간을 접어 마침내 도착한 곳은 자욱한 안개로 뒤덮인 곳이었다.

'폴크방이로군.'

그녀가 있는 방 세스룸니르에 진입하기 전 반드시 거쳐야 하는 곳.

반드시 통과해야 될 관문임을 알기에 속도를 줄여 안개를 헤치고 나갔다.

계속 앞으로 나아가자 마치 모든 게 허상이었던 것처럼 넓은 평야가 눈앞에 드러났다.

쉬익!

어디선가 날아온 수십 발의 화살이 전신을 노렸다.

파파팟!

간단히 펼친 일수. 곡선을 그린 궤적이 그 모든 화살을 부러뜨렸다.

"네놈은 웬 놈인데 여신님의 거처를 방문한 것이냐."

음성의 근원지로 고개를 돌리자 그곳에 서 있는 40명의 전사를 확인할 수 있었다. 아니, 정확히는 은빛으로 번쩍이는 갑옷을 입은 기사 38명과 화려한 황금빛 갑옷, 그리고 왕관을 쓴 2명의 왕이었다.

그들은 바로 이곳 폴크방을 지키는 이들, 햐드닝의 전사라 불리는 존재들이었다.

사실 그리 강력한 자들은 아니었다.

고작해야 화신의 끝, 그 왕이라고 해 봐야 간신히 현신에 달한 정도다.

입문자들에겐 조금은 부담이 될 수 있겠으나 정훈에겐 지나가는 개미새끼 40마리와 다를 바 없는 것.

단순히 그 능력뿐이라면 그럴 것이다. 녀석들이 까다로운 이유는 불사의 능력을 지니고 있기 때문이다.

프레이야의 저주를 받은 그들은 이곳 폴크방에선 죽어도 계속해서 부활한다.

그들이 사용하는 무기 또한 부러져도 다시 재생되고, 모든 것이 영원히 사라지지 않는다.

본래는 20명씩 편을 나누어 영원히 끝나지 않는 전투를 치루고 있는 이들이지만, 침입자가 나타나면 돌변해 하나의 목적으로 뭉친다. 바로 지금처럼 말이다.

"우리를 뚫고 지나가 보거라, 인간!"

"그것은 불가능하겠지만."

"우리는 무한한 생명을 지니고 있으니."

자기들끼리 쑥덕거리며 접근해 온다.

별다른 방비 상태도 아니다. 어차피 죽어 봐야 다시 부활하기 때문에 거리낌이 없는 것이다.

"지랄 염병하고 있네."

피식 웃어 보인 정훈은 2개 검을 십자로 교차해 그었다.

"그랜드 크로스Grand Cross."

하늘에서부터 내려온 거대한 십자가 형태의 기가 지면을 갈랐다.

쿠콰콰!

마치 세상을 네 등분할 것처럼 거대한 상흔을 남겼다.

무한궤적에 이어 광범위의 살상력을 지닌 또 다른 스킬 중 하나였다.

물론 그 영향 범위 내에 있던 햐드닝의 전사들 또한 단숨에 목숨을 잃었다.

그야말로 눈 깜짝할 사이에 40명의 전사를 처치한 정훈은 곧바로 속도를 높였다.

놀라운 사실은 무한한 생명의 저주를 받은 그들이 다시는 부활하지 않는다는 것.

그것은 당연한 일이었다.

정훈이 지닌 살인자 언령은 불사의 모든 존재를 멸하는 권능을 부여하는 것이었다.

앞서도 밝혀진 적이 있지만, 필살과 불사가 만나면 공멸을 일으킨다.

물론 정훈의 살인자 언령은 영원히 각인되는 것.

결국, 하드닝의 전사들만 영원한 안식을 얻은 셈이었다.

너무도 간단히 폴크방의 시련을 넘긴 정훈은 폴크방을 벗어나 화려하기 그지없는 궁을 눈앞에 두었다.

황금과 보석으로 치장된 그 궁은 신들의 성내에 있는 그 어떤 곳보다 화려함을 자랑하고 있었다.

"거기 매력적인 오빠, 잠시만 멈춰 줄래요?"

은쟁반에 옥이 굴러가는 듯한 아름다운 음성이 울려 퍼

진다.

너무도 매혹적이어서 세상이 핑크빛으로 변할 것 같은 마력의 음성과 함께 모습을 드러내는 이.

'아름답다.'

그것은 고요한 호수와 같은 정훈의 마음에 파문을 일으킬 정도의 아름다움이었다.

세상의 모든 아름다운 것들을 넣은 채로 심혈을 기울여 빚은 듯한 여인.

눈이 부셔서 감히 쳐다볼 수조차 없는 그 여인은 감히 미의 여신이라 말할 수 있을 것이다.

틀리지 않다. 그녀가 바로 이 세상의 모든 아름다움을 간직한 미의 여신 프레이야였다.

"어때요? 오늘 저와 함께 뜨거운 밤을 나누고 싶지 않나요?"

나긋나긋한 그 음성은 거부할 수 없는 마력을 지니고 있었다.

아무리 굳은 심신을 지닌 이라도 단숨에 녹아내릴 수밖에 없는 그런 종류의 끈적한 마력이었다.

마치 넋이 나간 것처럼 비틀대며 걸음을 옮기는 정훈이었다.

그것은 영락없이 취한 사람의 걸음이었다.

프레이야의 가장 강력한 무기는 매혹이다.

그야말로 미의 절정인 외모, 그리고 마력이 깃든 나긋한 음성은 돌부처라도 움직이게 만드는 힘이 있었다.

"어서 이리로……."

애를 태우는 손짓마저도 교태스럽기 그지없다.

천천히 걸음을 옮기던 정훈은 마침내 프레이야에게 접근할 수 있었다.

"죽엇!"

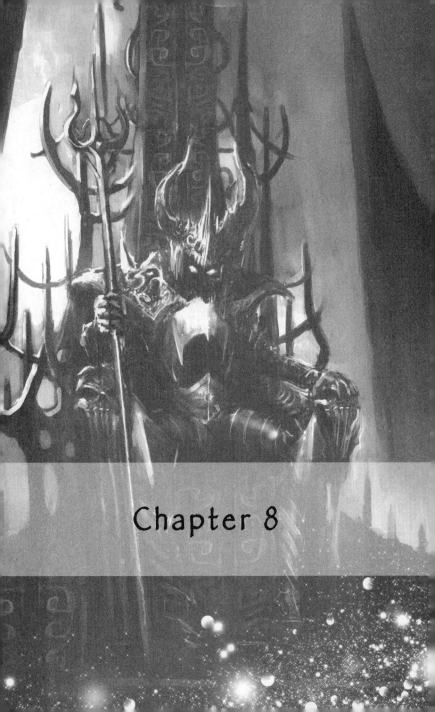

Chapter 8

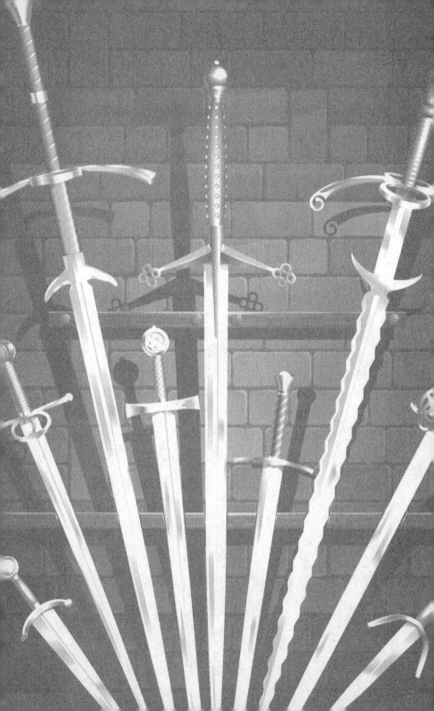

갑자기 태도가 돌변한 프레이야가 품안에서 꺼낸 단도로
정훈을 찔렀다.

"싫다면?"

처음의 넋이 나간 눈동자는 온데간데없다.

프레이야의 단도를 흘려 보낸 정훈의 손에서 섬광이 번뜩
였다.

스팟!

웬만해선 빗나간 적 없는 정훈의 검이 허공을 갈랐다.

어느새 그곳에 프레이야의 흔적은 없었다.

화르륵!

대기를 태우는 푸른 불꽃. 거대한 불꽃의 덩어리가 쇄도하

고 있었다.

　용광검에 물의 속성을 부여한 후 이에 맞섰다.

　치이익.

　물과 불이 만나 수증기가 발생했다.

　그 너머로 보이는 검은 실루엣.

　공간 이동 마법으로 몸을 피한 프레이야가 또 다른 마법을 준비하고 있었다.

　그녀의 장기는 매혹만이 아니다.

　아스가르드 내에서도 가장 강력한 마력을 지닌 마법사가 바로 그녀의 정체였다.

　쩌저적.

　바닥이 얼어붙었다.

　그 자리에 있었다면 얼음 과자가 되는 걸 면치 못했겠지만, 이미 정훈은 그곳에 없었다.

　공중으로 솟구쳐 오른 그는 단숨에 공간을 뛰어 넘어 프레이야를 자신의 간극에 넣었다.

　"일점―點."

　검의 기를 축약시켜 총알처럼 쏘아 보냈다.

　그 속도는 마법사인 프레이야가 파악할 수 있는 게 아니었다.

　콰직.

　하지만 그녀는 미래를 볼 수 있는 예지자.

정훈의 삼안처럼 어떤 공격이 올지 미리 예측할 수 있는 능력이 있기에 마력의 방패를 펼쳐 기의 탄환을 막아 냈다.

"어딜!"

하지만 그게 끝이 아니다. 막을 것은 이미 예상한 바였다.

쿠아아아!

그의 손을 떠난 엑스칼리번이 공간을 파괴하며 쇄도했다.

"이익!"

공간을 이동하기엔 너무 늦다. 어쩔 수 없이 마력의 방패를 중첩시켜 절대적인 보호막을 펼쳤다.

콰드득.

무려 10중으로 펼친 마력의 방패 중 9개가 박살이 났다.

"천지양단天地兩斷."

쉴 새 없이 이어지는 연환공격은 프레이야가 감당할 수 없는 것이었다.

삐익.

날카로운 새의 울음과 함께 비상한 프레이야는 한 마리 매가 되어 하늘로 날아올랐다.

그 속도는 일전에 상대했던 황금용의 최종 형태와 비슷한 정도였다.

단순한 변신 마법이었다면 그 정도의 속도를 내는 건 불가능한 일이다.

급박한 순간 프레이야가 발휘한 건 마법이 아닌, 그녀가 착용하고 있던 매의 날개옷의 권능이었다.

강력한 신기 중 하나인 매의 날개옷은 마력을 주입한 순간 한 마리 매로 변신할 수 있다.

그 속도는 한 번의 날갯짓으로 천리를 비행할 수 있을 정도다.

아무리 정훈의 순발력이 경지에 이르러 있다 한들 그 속도를 따라잡는 건 불가능한 일이었다.

'여러모로 귀찮은 녀석이야.'

그래서 매의 날개옷을 사용하기 전에 끝내고 싶었다.

하지만 결국, 뜻을 이루지 못했다.

위기감을 느낀 녀석은 점차 귀찮은 행각을 벌일 것이다.

"쯧."

혀를 찬 그가 사방을 돌아다니는 매를 응시했다.

"오라, 하찮은 존재들이여. 너희들에게 주신의 위대한 권능을 보여 주리라!"

장내를 잠식하는 건 불길한 검은 기운.

그것은 바로 죽음의 의지를 담은 것이었다.

광오한 그의 말에 준형은 아무 말도 할 수 없었다. 능력이 뒷받침되는 말은 오만이나 광오함이라 말할 수 없다.

덜덜덜.

강렬한 그 기세에 저항하지 못한 이들은 몸을 떨어 댔다.

'예상을 상회하는 능력!'

본디 예상했던 적보다 더욱 강력하다.

인정하지 않을 수 없었다.

지금의 능력으로 상대하기 힘든 강적이었다.

하지만 준형의 눈동자엔 포기나 절망을 찾아볼 수 없다.

이 난국을 타개할 한 가지 방법을 알고 있었기 때문이다.

"차력借力을……!"

뱀의 사원을 지키는 최종 보스인 라미아를 처치하고 얻은 스킬 북인 차력.

이것은 일종의 계약형 스킬이었다.

원하는 모두가 스킬을 습득할 수 있는데, 현재 신살 전원이 이 스킬을 습득한 상태였다.

스킬의 효과는 하나.

스킬을 습득한 이들끼리는 그 힘을 전이하는 것이다.

준형의 명령에 모두가 스킬을 발동했다.

쿠오오오.

곧 엄청난 힘의 파도가 생겨나 준형을 덮쳤다.

"허튼 수작 부리지 마라!"

심상치 않은 기운을 감지한 오딘이 손에 쥔 궁니르를 힘껏 떨쳐 냈다.

그의 힘을 온전히 받은 궁니르는 핏빛 궤적을 그리며 준형을 찔렀다.

챙!

20만의 모든 힘이 응축된 기의 보호막은 오딘과 궁니르가 뚫을 수 있는 종류가 아니었다.

힘없이 떨어진 궁니르가 다시금 오딘의 손으로 돌아갔다.

화악.

휘광에 휩싸인 준형이 눈을 뜨자 황금빛으로 물든 안광이 번쩍였다.

"이, 이런 힘이라니……."

지금 이 순간, 오딘은 떨려 오는 몸을 가누지 못하고 있었다.

준형에게서 느껴지는 기운은 너무도 강력했다.

물론 20만 전원의 힘이 합쳐진 건 아니나 그 힘은 평소의 수백 배에 달하는 정도였다.

'이게 정훈 님이 보는 세상이로구나.'

정훈과 비교하면 조금은 부족할지 모르나 그 힘은 능히 비견될 수 있을 만하다.

그제야 그는 정훈이 어떠한 시각으로 세상을 바라보고 있는지 깨달을 수 있었다.

"인정할 수 없다!"

폭발하는 그 기운을 떨쳐 내기 위해 발악을 선택한 오딘.

양손으로 창을 꼬나 쥔 그가 한 줄기 선이 되었다.

강력한 공격이었다.

그러나 적어도 지금 준형에게 그 공격은 너무도 나약해 보였다.

'느려.'

게다가 느리다.

슬로우 비디오를 보는 것처럼 느릿한 그 움직임에 누가 당할까.

주먹을 말아 쥐었다.

몸속을 활개 치는 기운을 손에 응집시켰다.

파천, 아니, 굳이 스킬에 연연할 필요가 없다.

준형은 그저 빠르게 주먹을 내질렀다.

파앗!

누구나 펼칠 수 있는 정권지르기.

꽈직.

그 단순한 동작으로 이루어진 권법은 오딘의 창, 궁니르를 부쉈고…….

퍼억!

오딘의 복부를 꿰뚫었다.

"쿨럭!"

아무리 신이라 하나 일단 육신을 이루고 있는 존재.

내장이 손상되는 치명상에, 오딘은 검은 피를 한 사발 토해 냈다.

"미, 믿을 수 없다. 어찌, 어찌 인간 따위가 이런……."

차마 말을 끝맺지 못한 오딘의 고개가 꺾였다.

압도적인 승리. 하지만 그건 온전한 승리가 아니었다.

"크아아아악!"

차력의 유지 시간은 고작해야 10분.

그 효과가 다하는 순간 준형의 온몸이 걸레짝처럼 찢어졌다.

감당할 수 없는 힘을 사용한 대가였다.

전신의 근육이 망가진 것은 물론 모든 뼈가 산산조각 나 제멋대로 덜렁거렸다.

"부사령관님!"

"뭐해? 얼른 회복을!"

회복이 가능한 모든 이들이 모여들어 권능을 사용했다.

하지만 그들이 할 수 있는 일이라곤 고작해야 벗겨진 피부를 재생하는 정도였다.

게다가 지금은 모든 마력이 바닥난 상황.

제대로 된 회복이 불가능한 상황이었다.

"크으으으."

이를 악문 준형이 신음을 삼킨다.

"괘, 괜찮습니다. 어, 어서, 크흑. 미미르의 모, 목을……."

또 언제 변수가 생길지 알 수 없다.

빠르게 목표를 입수해 안전한 곳으로 이동해야만 했다.

"아, 알겠습니다."

그제야 목적을 떠올린 이들이 오딘의 시신 주변을 살폈다.

"아무래도 이번 전쟁은 신족이 이기기 힘들 것 같군."

찾는 건 어렵지 않았다.

머리만 남겨진 미미로의 목이 말을 하고 있었기 때문이다.

삐이익.

사방을 돌아다니던 프레이야는 어느 정도 안전거리를 확보했다고 생각했는지 변신을 풀고 지면에 안착했다.

"도망가는 재주 하나는 대단하네."

"닥쳐!"

정훈의 비아냥에 욕지거릴 내뱉은 여신이 수인을 맺었다.

"나오라. 나의 종복이여."

허공에 맺은 수인에서 생겨난 빛이 지면을 물들였다.

"꾸익!"

그와 함께 등장한 건 황금빛으로 물든 거대한 돼지였다.

'힐디스비니.'

힐디스비니라 불리는 황금 돼지.

프레이야의 충실한 종복이기도 한 이 돼지는 강력한 한 가지 능력을 지니고 있었다.

"꾸웨엑!"

요란한 소리를 낸 녀석이 어느새 앞을 가로막았다.

공격? 아니, 황금 돼지의 능력을 한마디로 정의하자면 탱
커다.

거대한 덩치와 빠른 이동속도를 가진 힐디스비니는 적으
로부터 프레이야를 완벽하게 보호한다.

"꺼져!"

혼돈의 기운을 품은 정훈의 검이 힐디스비니의 몸뚱일 가
르려는 찰나.

"꾸웩!"

어느새 그 자리에서 사라졌다.

투투툭.

어느새 머리 위에 생성된 뾰족한 고드름이 광범위하게 떨
어졌다.

프레이야가 완성한 빙계 마법이었다.

무한한 궤적을 그린 쌍검이 그 모든 것을 박살냈다.

"꾸웩!"

프레이야의 공격이 실패로 돌아간 후 다시 앞을 막아선 힐
디스비니.

지금의 정훈에게도 잘 보이지 않는 놀라운 속도를 자랑
했다.

이 황금 돼지와 프레이야의 강력한 화력이 합쳐지면 그만큼 까다로운 적이 없다.

'어떻게 보면 이 녀석이 가장 힘든 상대일지도.'

무력 면에서는 단연 오딘이 최고라 할 수 있다.

하지만 모든 면을 종합적으로 고려해 보면 프레이야가 가장 강력한 적이 아닐까.

물론 홀로 상대해야 하는 제한이 그러한 문제를 더욱 부각시켰겠지만 말이다.

'언제까지 녀석과 놀 수는 없지.'

여기서 시간을 지체할 순 없는 일.

"치느님!"

정훈의 소환에 응한 치느님이 보관함에서 튀어나왔다.

"꼬끼오!"

완연한 주황색으로 물든 녀석이 힘찬 울음을 토했다.

깃털만이 아니라 이제는 생김새가 완전 닭이다.

'게다가 암컷이지.'

벼슬이 짧은 걸 보니 어딜 봐도 암탉이다.

물론 성별은 그리 중요하지 않은 일.

푸드덕.

곧장 정훈의 의지를 읽은 피느님이 날개를 퍼덕거리며 강화된 버프를 걸어 주었다.

그가 성장했듯 치느님도 많이 성장했다.

아니, 오히려 그의 성장보다 치느님의 성장이 더욱 눈부시
다 할 수 있을 것이다.

　후우웅.

　치느님의 버프는 정훈의 능력을 단숨에 배로 상승시켜 주
었다.

　"꾸익?"

　"꼬댁?"

　힐디스비니와 상봉한 치느님이 고개를 갸웃한다.

　두 동물의 대면을 구경할 시간 따윈 없다.

　정훈의 손이 움직였다.

　스걱.

　"꾸웨웨웩!"

　멱 따는 소리와 함께 힐디스비니가 펄쩍 뛰었다.

　뚱뚱한 녀석의 몸뚱이가 깊게 베였다.

　하지만 피가 새어 나오거나 하는 일은 없었다.

　어디까지나 녀석은 지하의 소인들에 의해 탄생한 황금 조
각상이었으니 말이다.

　다시 한 번 검을 휘둘렀다.

　필사의 힘을 다해 도망간 녀석은 검의 사정거리를 벗어났
으나……

　푸욱.

　어느새 투검한 용광검이 녀석의 몸뚱일 파고들었다.

"꾸에에에에엑!"

마지막을 짐작한 울음소리와 함께 힐디스비니의 생명이 다했다.

생명을 다한 돼지는 평범한 황금 조각상으로 돌아갔다.

"아, 안 돼!"

철석같이 힐디스비니를 믿고 있었던 프레이야는 다급한 비명을 터뜨리며 매의 날개옷을 이용했다.

거대한 매가 되어 날아오른다.

"한 번 당하지, 두 번 당하지 않아!"

지면을 박차 하늘을 향해 솟구치는 녀석을 따라잡았다.

서걱.

저항할 만한 틈은 없었다.

하늘에서 지면을 향해 그어진 일직선이 매의 날개를 잘라냈다.

"꺄악!"

강제로 변신이 해제된 프레이야가 비명을 터뜨리며 본래의 모습으로 돌아왔다.

쿠웅!

그대로 지면에 처박힌 프레이야는 양팔이 잘린 고통에 몸부림치고 있었다.

고통에 찬 몸짓조차 예쁘다.

하지만 굳은 심지를 지닌 정훈에겐 아무런 소용없는 짓일 뿐이었다.

스윽.

엑스칼리번으로 그녀의 목을 겨눴다.

"제, 제발 살려 주세요. 살려만 주신다면 어떠한 일도 다 할게요."

그녀는 본능적으로 느끼고 있었다.

정훈에게 죽임을 당한다면 완전히 소멸한다는 것을, 영생의 샘이 아무런 효과가 없다는 것을 말이다.

세상 그 어떤 것보다 아름다운 미녀가 동정을 호소하고 있다.

아무리 철의 심장을 가진 자, 특히 사내라면 거부할 수 없을 터였다.

"싫은데."

물론 정훈이란 사내는 예외였다.

거인들이 유리한 고지를 점하기 위해선 하나의 신이라도 더 제거를 해야만 했으니까.

"이 개새끼……."

곧바로 태세를 전환한 프레이야가 욕설을 내뱉으려고 했으나 그보다 정훈의 검이 빨랐다.

서걱.

부릅뜬 눈의 프레이야의 머리가 지면을 구르고, 그곳에서 황금빛 목걸이가 떨어졌다.

걀라르호른에 이른 두 번째 신기, 브레싱가멘이었다.

−4개의 보물 중 2개를 획득했습니다.

−아스가르드로 통하는 길을 여시겠습니까? 단, 2개의 재료만으로는 거인들의 온전한 세력을 끌어들일 순 없습니다.

정훈이 막 브레싱가멘을 습득할 그 무렵…….

−사령관님.

조금 머뭇거리는 음성이었다.

그것은 준형이 아닌 제만의 의지였다.

−무슨 일이지?

이미 그 의도를 짐작하고 있었지만, 모르는 척 물었다.

−미미르의 목을 입수했습니다.

−현재 위치는?

−포털로 이동했던 그 장소입니다.

−그래. 잠시 대기하고 있어. 곧 갈 테니.

신기 3개를 다 구하기 전까진 얻지 못할 것으로 생각했으나 예상외로 빠르다.

'내가 잘못 가늠하고 있었나?'

의외의 상황이 그리 달갑지만은 않다.

그간 녀석들의 전력을 착각하고 있었다는 것을 의미하는 것이기 때문이다.

의문을 품은 그가 곧장 몸을 날렸다.

⚜

–4개의 보물 중 3개를 획득했습니다.
–아스가르드로 통하는 길을 여시겠습니까? 3개의 재료면 충분한 거
인들의 세력을 끌어들일 수 있습니다.

신살과 합류한 정훈은 미미르의 목을 넘겨받았다.
3개의 보물이라면 신족과의 싸움에서 50퍼센트 이상의 승
리를 점할 수 있다.
여기에 정훈과 신살이 합쳐진다면 100퍼센트의 승률을 자
랑할 수 있을 것이다.
'하지만 그럴 순 없지.'
물론 그럴 일은 없다. 4개를 모아 온전한 거인들을 끌어들
여야만 했다.
그래야만 관리자를 소환할 조건을 갖출 수 있으니 말이다.
'그나저나……'
지쳐 쓰러진 신살을 바라보는 정훈의 눈동자에 기광이 스
치고 지나갔다.
마치 모든 것을 쏟아낸 듯한 저 흔적. 그리고 가장 결정적
인 건 그야말로 넝마가 된 준형이었다.

"크으."

비록 회복 마법에 의해 조금은 재생이 된 듯하나 걸레짝이 된 육신을 치료하는 건 무리였다.

'차력을 얻은 모양이군.'

이전의 정훈도 모르고 있었던 스킬이었지만, 오르비스의 정보가 가르쳐 주었다.

20만 명의 힘이 한 명에게 집중된다면 순간적인 그 능력은 가히 자신과도 견줄 수 있을 정도일 것이다.

'고양이 새끼인 줄 알았더니 호랑이 새끼였다?'

준형을 바라보는 시선이 곱지 않다.

그럴 수밖에 없는 게 지금까진 녀석들은 아무리 발버둥 쳐도 자신의 아래였다.

하지만 차력을 통해 힘을 손에 넣은 준형이라면 언제든 자신의 등에 칼을 들이댈 수 있는 수준이었다.

불안하지 않다면 거짓말일 것이다.

그래서 망설이고 있었다.

'끌고 가야 하나?'

이 게임의 목적이 무엇인가.

유일한 1명을 선발하여 그를 새로운 인류로 만드는 것이었다.

물론 지금 정훈이 하고자 하는 일이 그 모든 것을 무효로 돌리려는 것이긴 하나 그것을 반드시 성공하리란 보장이 없다.

게다가 이제 막바지에 왔으니 녀석들도 그 종착지를 짐작하고 있을 터.

'반대로 생각하면 히든카드가 될 수도 있겠지.'

마냥 나쁘게만 볼 수 없는 게 녀석의 전력이 히든카드가 될 수 있다는 점이다.

비록 짧은 순간에 불과하나 그 힘은 자신에게 육박할 정도.

저 힘을 잘만 이용한다면 보다 계획에 바짝 다가설 수 있을 것이다.

모든 불안거리를 제거하고 안전하게 갈 것이냐, 불안거리를 안은 채 모험을 감행하느냐.

전자를 선택한다면 준형을 죽여 버려야만 한다.

그리고 지금이 바로 그 적기이기도 했다.

고민으로 흔들리던 눈동자는 이내 제자릴 찾았다.

"소생의 기적."

그의 손에서 뿜어져 나온 빛이 준형을 비롯한 부상자 모두를 감쌌다.

결국 그는 준형을 살리는 것을 택했다.

'버리기엔 너무 아까운 패다.'

작정하고 덤빈다 해도 아직은 충분히 감당할 여력이 된다.

게다가 버리기엔 너무 아까운 전력이었다.

반드시 배신한다는 보장은 없으니 이대로 좀 더 지켜보는 것을 선택할 수밖에 없었다.

"감사합니다."

이제야 고통에서 해방된 준형이 감사를 표했다.

차력이 끝나고 난 뒤의 고통은 뭐라 표현할 수 없을 정도로 끔찍한 것이었다.

그것에서 벗어나게 해 준 정훈에게 거듭 감사를 표하는 건 당연한 일이었다.

"고생 좀 할 줄 알았더니, 비장의 카드를 숨기고 있었나 보네."

"아, 네. 차력을 믿고 일을 진행해 봤습니다."

"라미아를 죽여서 얻은 거겠지?"

"네. 운이 좋았습니다."

내색은 하지 않았지만, 속이 쓰렸다.

만약 뱀의 사원에 같이 동행을 했더라면 차력을 같이 습득할 수 있었을 테고, 그들 모두의 힘을 자신에게 집중시킬 수만 있다면 계획을 좀 더 수월하게 진행할 수 있었을 것이다.

'0.001퍼센트의 확률을 뚫었다. 과연 이게 우연일까?'

생각하지 못한 건 차력이란 스킬 자체를 떠올리지 못한 것도 있으나 극악한 드롭 확률 때문이다.

차력이 드롭 될 확률은 고작해야 0.001퍼센트다.

그것도 고위급 보스 몬스터를 처치해야만 얻을 수 있는 확률이니 사실상 이를 얻는 게 불가능하다는 걸 뜻하는 것.

그런데 준형은 이 확률을 뚫고 차력을 얻었다.

과연 이게 우연으로 치부할 수 있는 일일까.

'찜찜하긴 하지만, 이미 지나간 일을 돌이킬 순 없지.'

잔변이 남은 듯한 찜찜한 기분이었지만 이내 그 상념을 털어 버렸다.

더 두고 보기로 했다면 그것으로 끝이다.

더 깊게 생각해 봐야 머리만 아플 뿐 해결할 수 있는 건 없다.

"자, 그럼 마지막 보물을 얻으러 가 볼까?"

마지막 보물은 이그드라실의 씨앗.

이것을 얻기 위해선 약간의 과정을 거쳐야만 했다.

신들의 성 중앙에는 이름 모를 거대한 우물이 존재했다.

아스가르드를 지배하는 대다수의 신이 이 우물의 존재 가치를 모르고 있으나 사실 이곳은 모든 생명의 어머니인 세계수, 이그드라실에 접근할 수 있는 유일한 통로였다.

그 사용방법에 관해선 오직 오딘만이 알고 있었으나, 오르비스의 정보를 얻은 정훈도 포함되어야만 했다.

평소에는 그냥 별다를 것 없는 우물이다.

하지만 발할라 궁에 숨겨 놓은 이그드라실의 가지, 세스룸니르 궁에 있는 이그드라실의 잎사귀를 우물에 던져 놓으면…….

쿠쿠쿵!

우물 밑에서부터 굉음이 들렸다.

이는 세계수 이그드라실로 통하는 통로가 열렸다는 것을
의미하는 것이다.

"가자."

그리 말한 정훈이 먼저 앞장섰다.

그리고 그는 거대한 입구를 벌린 우물로 망설임 없이 들어
갔다.

첨벙.

분명 그 끝이 보이지 않았던 우물은 깊지 않았다.

떨어진지 얼마 되지 않아 바닥이 느껴졌고, 길게 이어진
통로를 확인할 수 있었다.

수백 명은 족히 이동할 수 있는 넓은 통로를 따라 걸어갔다.

"슈로록!"

통로의 중간중간 이그드라실의 넘치는 생명력에 기생하는
벌레들이 공격했지만, 정훈의 간단한 손짓에 녹색 액체를 뿌
릴 뿐이었다.

"방심하지 마. 녀석들이 뿌린 체액은 강력한 독을 품고 있
으니까."

정훈의 경우에야 간단한 적이지, 일반 입문자들에겐 강력
한 적이다.

특히 죽을 때 내뿜는 녹색의 체액은 강력한 독을 내포하고 있어 주변의 모든 것을 중독시킨다.

자칫 방심했다간 순식간에 중독되어 목숨을 잃게 되는 맹독이었다.

정훈의 경고에 경계를 띤 이들이 조심스럽게 전진을 시작했다.

그렇게 꽤 한참을 걸어갔다.

어두운 공동 안을 비추는 찬란한 빛. 마침내 목적지가 나오자 속도를 높였다.

"와아!"

찬란한 빛 너머에는 그 끝을 알 수 없는 거대한 나무 이그드라실이 위용을 뽐내고 있었다.

반딧불과 같은 녹색의 광구가 떠다니는 광경은 참으로 신비하기 그지없다.

숨을 들이마시는 순간 들어오는 넘치는 생명력은 이계 생활에 지친 입문자들의 감탄을 자아내었다.

쿵!

하지만 이계는 그들의 평화를 허락하지 않았다.

불안하기 짝이 없는 굉음이 계속해서 울려 퍼졌다.

"온다. 준비해."

정면을 바라본 정훈이 말했다.

감히 누구의 명이라고 거부할까.

각자의 무기를 꺼내 든 이들이 준형의 시선을 따라갔다.

이그드라실에 의해 길게 드리운 그림자 너머로 마침내 모습을 드러내는 존재.

"캬아악!"

거대한 덩치를 자랑하는 그것은 녹색 비늘을 지닌 드래곤이었다.

"니드호그."

마치 녹아내릴 것 같은 끔찍한 외형을 지닌 녀석은 니드호그.

이그드라실의 뿌리를 먹어 대는 종말의 용이었다.

본래 그 목적은 이그드라실을 먹어치워 세상을 생명이 살아갈 수 없는 곳으로 만드는 것이나 침입자가 있다면 그 모든 행동을 중단한 채 지킴이의 역할을 다한다.

뿜어대는 강력한 독액은 세상의 그 무엇도 녹이지 못하는 게 없고, 단단하기 그지없는 육신은 황금용을 압도하는 정도였다.

드래곤 중에서도 가장 상위의 능력을 지닌, 그야말로 종말을 부르는 용이라 할 수 있었다.

"삐이익."

니드호그만으로도 충분히 강력한 적이다.

하지만 이그드라실을 지키는 건 녀석만이 아니었다.

휘오오오.

버티고 서 있기도 힘든 강풍이 몰아닥쳤다.

"크으윽!"

모두가 안간힘을 써서 어떻게든 자리를 지키려고 했다.

하지만 너무도 강력한 바람에 오히려 조금씩 뒤로 밀려나고 있었다.

물론 정훈만큼은 예외였다.

꼿꼿이 대지를 딛고 서 있던 그의 시선은 위, 이그드라실의 가지 쪽으로 향해 있었다.

그곳에는 거대한 흰색 매가 있었다.

연신 날갯짓을 해 대며 지금의 강풍을 일으키고 있는 또 다른 지킴이 흐레스벨그였다.

니드호그와는 무척 사이가 좋지 않아 때때로 충돌을 일으키지만, 이그드라실에 침입자가 나타나면 힘을 합쳐 침입자를 몰아내었다.

엄청난 속도를 자랑하는 흐레스벨그는 강풍 속에 강철 같은 깃털을 날려 침입자를 제거한다.

콰콰쾅!

이그드라실에서 날아온 무언가가 지면에 닿는 순간 엄청난 폭발을 일으켰다.

"크악!"

폭발에 휩쓸린 이들이 고통을 이기지 못한 채 비명을 질러 댔다.

흐레스벨그를 향해 있던 정훈의 시선이 다시금 옮겨 갔다.

그의 눈은 이그드라실의 이곳저곳을 빠르게 옮겨 다니고 있는 한 존재를 쫓고 있었다.

다른 입문자들에겐 보이지 않을 빠른 속도로 움직이는 건 갈색의 거대한 다람쥐였다.

니드호그, 그리고 흐레스벨그와 함께 이그드라실을 지키는 마지막 세 번째 지킴이 라타토스크.

이그드라실에 열린 열매에 폭발의 권능을 부여해 집어 던졌다.

강력한 마력을 품은 열매에 자그마한 충돌이라도 일어나면 그 즉시 폭발한다.

날쌔기는 얼마나 날쌘지, 가지 이곳저곳을 옮겨 다니는 녀석의 움직임을 파악하는 건 상당히 어려운 일이었다.

평소엔 니드호그와 흐레스벨그를 이간질해 늘 싸우게 만드는 이 영악한 거대 다람쥐마저 합류해 정훈과 신살을 위협하고 있었다.

각기 다른 특징을 지니고 있지만, 현신의 3단계에 이른 괴물 같은 능력치를 지닌 이그드라실의 수호신.

그들을 물리쳐야만 마지막 보물 이그드라실의 씨앗을 얻을 수 있다.

"치느님."

꼬끼오!

이 순간만큼은 전력을 다할 수밖에 없다.

치느님의 버프를 다시 한 번 몸에 두른 정훈이 신형을 솟구쳤다.

"니드호그를 맡아. 나머지는 내가 상대한다."

일찍이 상의했던 대로 니드호그를 맡겼다.

적어도 지금의 신살이라면 하나 정도는 상대할 수 있을 테니 말이다.

다음 권으로 이어집니다

이윤규 장편소설

흥王興宣

격변의 시대
상왕흥선 2부

200평 초대형 24시 만화방

- 수면실(침대식)
- 사우나석
- 다인석
- 샤워실
- 세탁기
- 신간100%

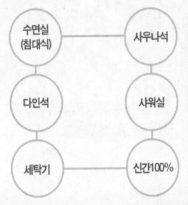

📖 수원 인계동점

- 나혜석거리
- 농협
- CGV
- 수원시청역 ⑧
- 무비 사거리
- 소주한잔 건물 24시 만화방 3F
- 홍콩반점
- 홈플러스

TEL : 031-226-3771
수원시 팔달구 인계동 1041-11 3층 24시 만화방

📖 의정부점

- 의정부역 ④ ⑤
- 흥선지하도
- ◀서울방향
- 진성약국
- 던킨도넛츠
- 24시 만화방 3F

TEL : 031-856-3971
경기도 의정부시 의정부동 197-13 3층

📖 주안점

- 주안 남부역
- ◀제물포
- 민병철 어학원
- 간석동▶
- 25시 만화방 6F

TEL : 032-426-2871
인천광역시 주안남부역 지하상가 4번 출구 GS25시 건물 6층

📖 안양점

- 안양역
- 육교
- ◀관악역
- 명학역▶
- 농협
- 24시 만화방 2F
- 안양일번가

TEL : 031-466-3771
경기도 안양시 안양동 674-163 조이당구장건물 2층